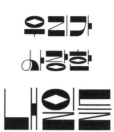

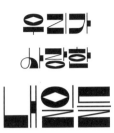

우리가
사랑한
내일들

유선애
인터뷰집

한겨레출판

사랑하는 것을
더 사랑하며 내일로

'새롭게 다시 살고 싶다.'

작년 이맘때 뮤지션 황소윤을 인터뷰하고 돌아오는 길, 나는 이렇게 적었다. 언젠가부터 1990년대에 태어난 여자들을 만나고 헤어질 때마다 비슷한 기분에 휩싸였다. 여태 살아와 놓고선 이제라도 다시 잘 살 수 있을 것 같은 기분이. 피가 빠르게 돌고, 머릿속은 개운했다. 에너지 드링크를 한입에 털어 넣었을 때의 쿵쾅거림, 낯설고 이상한 활력이 마음을 들썩이게 했다. 이 변화의 기세를 정면으로 보고 들으라는 듯 나를 재촉했다. 사무실로 돌아와 그들이 세상을 해석하는 방식과 태도들을 단서 삼아 더듬거리다 보면, 어느새 눈앞에는 키를 훌쩍 넘는 거대한 파도가 서 있었다. 얼마 지나지 않아 그 파도 뒤에 내가 모르는 세상이 있다는 것도 알게 됐다. 지난 2~3년 사이 내가 강해졌다면 그건 1990년대에 태어난 여자들 덕분이다.

그렇게 기획한 기사가 3.8 세계 여성의 날 특집 '90년생 여자사람' 패션매거진 〈마리끌레르 코리아〉 2019년 3월호이다. 다양한 직업을 지닌, 젠더 감수성의 정도가 각기 다른 33명의 1990년대생 여성들과 '대한민국에서 20대 여성으로 사는 일'에 대해 이야기 나눴다. 33명의 여성들은 기꺼이 자신의 생각과 경험을 내어주었다. '다른 사람에게 내가 어떻게 보일지 생각하는 것을 그만두었다' 예지·프로듀서/DJ·1993 '아름다운 나에 대해 고민하지 않는다. 아름답지 않아도 상관없다' 슬릭·래퍼·1991 '이제는 스스로 강하고, 강하고 싶다는 마음이 들게 하는 사람들과 함께하겠다' 이채은·소프트웨어 개발자·1996 '남이 허락해준 당당함에 만족하지 않겠다' 이세희·패션에디터·1990 등 날것의 말들이 지면 위를 힘차게 뛰어다녔다. (이 기사는 〈마리끌레르 코리아〉 공식 웹사이트에서 다시 볼 수 있다.)

결연한 여자들 속에서 행복했다. 매달 의심하며 마감을 해왔지만 적어도 그때의 나는, 나를 의심하지 않았다. 기사를 마무리하며 이런 글을 썼다. "이 지면을 통해

요즘 여성들의 생각과 관점, 사고의 틀에 깊고 심오한 변화가 일고 있음을, 바람과 요구가 더욱 정교해지고 있음을, 그 현재진행형의 희망을 목격하길 바란다"고. 행복했지만 동시에 부끄러웠다. '각자도생하는 거지 뭐' 하며 자주 누워 지낸 내가, 이번 생은 틀렸다고 까분 내가, 당신과 함께 행동하고 말하지 못한 내가.

때마침 1990년대생, 밀레니얼 세대를 호명하고 새로운 청년 세대를 이해하고자 하는 시도들이 있었다. 하지만 그 많은 세대론 안에 내가 만난 90년대생들은 없었다. 평균 연령 28.4세, 각자의 방식으로 커리어를 일구며 자기 삶의 단독자로 살아가는 1990년대생 여성 10명과의 대화를 이곳에 한데 묶은 이유다. 이 책은 세대론이 될 수 없고, 되어서도 안 될 일이다. 하지만 오늘을 살아가는 20~30대 많은 여성들이 왜 이토록 이들을 사랑하고, 지지하는지 그 이유에 대해 고민하다 보면 새 세대의 가장자리를 더듬을 수 있을지도 모르겠다.

생존은 어느 세대, 누구에게나 중요한 일이다. 내가 만난 90년대생들 역시 마찬가지다. 하지만 생존의 의미가 달랐다. '되고 싶은 나의 모습'으로 살아남아야 한다. 그것이 가장 중요한 기준이자 목표다. 그러니 '어느 위치'의 '누구처럼' 되어야 할 이유가 없다. 시스템의 안과 밖은 중요하지 않다. 시스템은 소속되어야 할 것이 아니라 응용해야 할 것일 뿐이다. 시스템으로부터 호명되고 부여받은 자리와 명함이 얼마나 손쉽게 사라질 수 있는지, 그 신기루의 정체를 알고 있기 때문이다. 시스템과 그 안에 있는 사람들을 선망하지 않는 것. 나는 이것이 혁명이 불가능한 세대가 할 수 있는 최선의 혁명이 아닐까 생각한다.

대신 이들은 좋아하고 사랑할 수 있는 일, 의미 있는 일을 하고 각자의 미감과 세계관, 도덕적 기준과 윤리를 양보하지 않으며 오늘을 산다. 오늘을 탕진하고 욜로 하는 게 아니라, 복잡하고 어려운 자기 기준 아래 오늘을 살고 있다. 오늘 제대로 살지 않으면, 오늘을 미루면 내일도 없다는 진리를 일찌감치 깨달았기 때문이다. 이는 IMF 시대에 태어났고, 국제금융위기 때 유년기와 청소년기를 보내며 평생을 불황 속에서 살아온 청년들에게 어쩌면 당연한 깨달음일지도 모른다.

이 책 안에 모인 이들 역시 오늘을 힘껏 사는 사람들이다. 나아가 내일처럼 느껴지는 것들을 오늘, 이 자리에서 하고 있는 이들이다. 오늘, 우리, 이곳이 바로 변화이고 미래라는 것에 대해 약속한 듯 한목소리를 냈다. 그 생각과 목소리들이 이 지면 안에서 서로의 손을 맞잡듯 연결되었다. "진보와 퇴보 모두 가능한데 그건 결국 지금 우리가 어떻게 행동하느냐에 달려 있지 않을까요"라는 김초엽 소설가의 말에 DJ이자 프로듀서인 예지가 "우리 세대와 미래 세대가 세상을 치유하고 균형을 이뤄낼 거라 믿어요. 이전 세대가 지구에 어떤 해를 끼쳤는지, 서로에게 어떤 상처를 입히면서 무엇을 했는지 이제 우리가 알잖아요" 하고 손을 뻗었다. 예지의 말은 이내 "존재 자체가 힘이 되는 사람이고 싶"다는 뮤지션 황소윤의 바람으로 이어졌으며, 이주영 배우에게로 가 "약자에 대한 예의, 동물권 존중에 대해 배우로서 좋은 영향력을 행할 수 있는 곳이 있다면 제가 사용되었으면 좋겠어요" 하고 맺어졌다.

리베카 솔닛은 "미래는 언제나 어둠 속에 있다"고 우리를 다독였다. 그만큼 변화는 어렵고 지난하다는 말일 것이다. 나는 내가 만난 여성들을 떠올리며 '어둠 속에서 사랑을 켜는 사람들이 있다'고 덧붙이고 싶다. 여기 춥고 외롭고 깜깜하다고 말하기보다 사랑하는 것을 더 사랑하며 내일로 가는 사람들이 있다고. 따뜻한 빛을 품은 채 오늘을 힘껏 통과하며 '다음 세대에게 물려주지 않겠다'고 매일 새롭게 다짐하는 사람들이 여기에 있다고. 거기에 우리가 사랑하는 내일이 있다고 말이다.

이 책에 '여자(여성)'라는 단어는 총 490번 등장한다. 기쁜 마음으로 실컷 불러봤다. 왜 여자들만이 '내일들'

이고 '미래들'인지, 왜 그 내일에는 여자들만 있느냐고 물을지도 모르겠다. 대답해야 할 필요를 느끼지 못하지만 루스 베이더 긴즈버그의 말을 옮겨둔다. "나는 가끔 질문을 받는다. '연방대법원에 여성이 충분할 때는 언제인가'. 내 대답은 '9명(전원) 있을 때'다. 그럼 사람들은 놀란다. 하지만 9명 모두 남성이었을 때는 아무도 그런 의문을 제기하지 않았다."

  한동안 나에게 스며들었고 나를 점령했던 이들과의 대화를 이곳에 풀어놓는다. 지지부진하고 기나긴 외사랑에 드넓은 아량과 믿음을 보내준 10명의 인터뷰이 덕분에 대화가 온전히 묶일 수 있었다. 이들을 통해 이제 나는 내가 무엇을 해왔고 할 수 있는 사람인지, 무엇을 가졌고 나눌 수 있는 사람인지 알게 됐다. 그들이 가르쳐준 적은 없는데 그들이 삶을 대하는 방식과 태도가, 말과 다짐이 나를 가르쳤다. 이 사람들을 만난 것만으로 나는 어떤한 나로부터 아주 멀어지게 됐음을, 다시 돌아갈 수 없음을 알게 됐다. 내가 느끼고 알게 된 것들이 이 대화를 함께 나누게 될 독자들에게도 전해진다면 더 바랄 게 없겠다.

2021년을 시작하며
유선애

ⓒ 한다솜

“

변화는
다양한 형태의
물결로,
모양으로,
크기로 올 거예요.

”

"
혼자가
아니라는 감각만이
여성들을
미래로
나아가게 해요.
"

김초엽

소설가 1993

"

제 존재가
여성이고,
황소윤이
보여주는 것들이
곧 여성이
하는 일인 거예요.

"

"

뻔뻔한 게
중요한 것 같아요.
뻔뻔하게
살아남아야 해요.

"

재재

PD·MC 1990

"

여자를
살아 있는 사람으로,
분명한 모습으로
표현하고 싶어요.

"

이주영

배우 1992

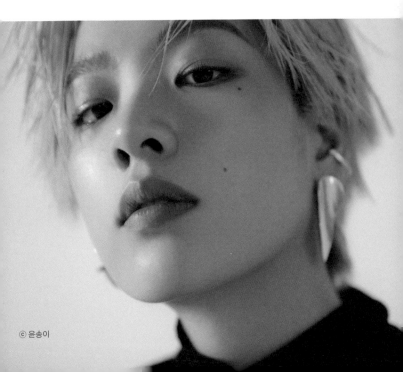

"

내가
나대로 사는 것에
죄책감을 느낄
필요가 없다는 걸
알게 됐어요.

"

ⓒ 윤송이

"

그때 조금 안 것 같아요. 내가 강하다는 것을.

"

"

뭐가 잘못됐고 옳은 건지 생각할 수 있는 지금이 좋아요.

"

박서희

패션모델 1996

이길보라

영화감독 · 작가 1990

> "
> # 내가 붙인 내 이름을
> # 내가 믿는 게
> # 중요하다고요.
> "

"

어떤 일이 일어나도 그것을 상처로 만들지 않을 힘이 나에게 있다고 말이에요.

"

이슬아

작가 1992

CONTENTS

예지

"

누군가 당신을
당신이라는 이유만으로
싫어한다면

그건 당신의 잘못이
아니에요.

이 사실은 저 자신에게도
더 진실할 수 있도록
용기를 줬어요.

"

뉴욕에서 태어나 미국과 일본, 한국을 오가며 성장했다. 앤디 워홀의 학교로도 알려진 피츠버그의 카네기 멜론 대학에서 개념 미술과 페인팅을 전공했다. 2016년 〈New York 93〉으로 데뷔 후 2017년 〈Drink I'm Sippin On〉과 〈Raingurl〉을 연달아 성공시키며 뉴욕 신scene 안에서 독보적인 뮤지션으로 자리매김했다. 2018년 영국 BBC '사운드 오브 2018'에 한국계 뮤지션 최초로 이름을 올렸다. 당시 BBC는 '어디서도 들어본 적 없는', '한국어와 영어가 섞인 가사가 딥 하우스 비트와 만나 황홀한 소리를 만든다'고 선정 이유를 밝혔다. 지금까지 코첼라 뮤직 페스티벌, 후지 록 페스티벌 등 세계 주요 페스티벌 무대에 올랐으며, 2019년 서울을 포함해 월드 투어를 마쳤다. 2020년 봄, 첫 정규 앨범이자 믹스테이프 〈WHAT WE DREW 우리가 그려왔던〉을 발표했다.

예지의 존재가 한국에도 알려지던 즈음, 한 인터뷰에서 그는 낮게 속삭이는 듯한 자신의 보컬 방식에 대해 (여러 이유 중) '큰 소리로 노래 부르는 것이 익숙하지 않다'는 답을 한 적이 있다. 노래뿐 아니라 일상에서도 예지의 목소리가 필요 이상으로 커지는 일은 거의 없어 보인다. 성량껏 내지르는 것이 어색한 사람, 제 안에서 부유하다 가라앉은 것들을 자기 데시벨에 맞춰 정돈해 밖으로 꺼내놓는 사람의 말과 음악은 미덥다. 보다 정확히 듣고 전달하기 위해 목소리를 낮출 줄 아는 이들이 지닌 사려 깊은 태도를, 조용한 위력을 알기 때문이다.

　　이들은 행동에 있어서도 일관되게 고요하고 단호하다. 그리고 나는 예지를 통해 조용히 대범한 자가 어떻게 자기 방식대로 시공간을 장악해나갈 수 있는지를, 그 놀라운 힘이 발휘되는 과정을 목격한 적이 있다. 2017년 가을, 뉴욕 보일러룸* 영상 속 클럽 한가운데 예지는 화장기 없는 얼굴에 동그란 안경을 쓰고, 머리를 질끈 묶은 채 서 있었다. 그가 선 턴테이블을 중심으로 다양한 인종과 성별을 지닌 이들이 둘러섰는데 그곳에서 예지의 이질적이고 이례적인 꾸밈없는 모습은 그날 밤 그를, 그곳에서 가장 특별한 사람으로 보이게 했다.

　　'DJ, 프로듀서, 보컬리스트, 비주얼 아티스트, 패

---

* 2010년 런던에서 시작한 온라인 음악 플랫폼. 뉴욕, 베를린, LA 등 세계 100여 개 도시의 DJ가 파티 호스트가 돼 라이브 방송을 진행한다. 당대 가장 독창적인 프로듀서와 DJ, 뮤지션을 소개해왔다.

션디자이너'라는 긴 소개에 예지는 별다른 제스처나 말 없이 그저 산뜻하게 '싱긋' 웃고 곧바로 DJ 셋을 시작했다. 반복과 변주를 오가는 리듬 위에 예지의 목소리가 얹히고 영어와 한글 가사가 뒤섞이는 가운데 이내 음악 안으로, 안으로 침잠하던 그가 불현듯 고개를 들어 다시 한 번 '싱긋' 웃었다. 웃음과 동시에 박자를 획 밀어 당기자 클럽 안은 술렁 하고 큰 파도가 일었다. 반응은 열렬했다.

많은 이들이 예지를 두고 '힙'하고 '쿨'하다고 말한다. 힙과 쿨로부터 멀찌감치 떨어져 살아온 내가 그 말의 의미를 정확히 파악하기란 어렵다. 다만 '힙'이 변화의 최전선을, 고유한 독창성을 의미하는 것이라면 '쿨'은 자신이 그 선두에 있다는 사실을 망각하거나 인지하지 않는 이들에게만 붙일 수 있는 수식 같다. 그러니 적어도 그날의 영상 속 무수히 '좋아요'를 받은 댓글 'The coolest person on the planet'의 의미는 잘 알 것 같다. 준비된 자리에서 지금 자신이 어디에 서 있는지, 누가 나를 보고 있는지에 대해 의식하지 않는 사람, 자신이 어떤 상징이 될 수 있다는 것을 모르는 사람, 드러내지 않으려 해도 흘러나오는, 과시하지 않는데도 자꾸 비집고 나오는 눈부신 재능을 가진 사람, 가진 재능의 총량을 훌쩍 뛰어넘으며 모두를 놀라게 하는 사람을 의미하는 것임을.

예지를 모르는 이에게 그를 쉽게 설명할 수 있는 방법은 많다. 지금껏 아델, 샘 스미스 등 전 세계의 내로라하는 뮤지션이 차지하던 BBC '사운드 오브' 리스트에 2018년 한국계 뮤지션 최초로 이름을 올렸고, 초기 대표곡 〈Drink I'm Sippin On〉은 유튜브 공개 2주 만에 100만 회 이상 재생됐으며, 그의 또 다른 곡인 〈One More〉는 애플뮤직 광고 음악으로 쓰였다. 까다롭기로 유명한 〈피치포크〉미국 최대 규모의 인디 뮤직 웹진는 데뷔 초 예지에게 '2017년 베스트 앨범 50', '베스트 뉴 트랙' 등의 타이틀을 선사했고, 최근 '2020년 베스트 앨범 50'에 그의 첫 정규 앨범 〈WHAT WE DREW 우리가 그려왔던〉을 언급하며 꾸준한 지지를 보내고 있다. 하지만 예지가 일궈낸 몇 개의 성취로 그를 간편히 설명하기보다 복잡하게 읽고 싶은 건 '불편한 스테레오 타입에 대해 꾸준히 이야기할 것 같다'는 말 때문이다.

2년 전 예지는 내게 페미니즘에 대해 "'누구나 평등한 것'. 여자든, 퀴어든, 트랜스젠더든, 논 바이너리든, 그 누구라도"라는 정의를 보낸 적이 있다. 그는 다양한 피부색을 지닌 여성들이 주최하는 행사에 더 많이 참여할 것이며, 그들을 지지하고 목소리를 낼 것이라고도 덧붙였었다. 그로부터 지금까지 예지의 말과 행보는 한

결같다. 2년 전 뮤지션으로서 처음 한국에 왔을 때 가장 먼저 LGBTQ 파티에 참여한 것을 시작으로 최근에는 'Black Lives Matter' 운동으로 구금된 사람들의 보석금을 모금하기 위해 'Yaeji in Place'라는 이름의 단독 믹스셋 공연을 하기도 했다.

믹스 셋은 그가 2020년 봄 발표한 〈IN PLACE 그 자리 그대로〉의 첫 소절이자 후렴구인 '그 자리 그대로 서 있어 가만히'라는 가사로 느리게 시작한다. 2014년 4월의 대한민국을 결코 잊지 못하는 이들에게는 덜컥 가슴이 서늘해질 인트로다. 이는 유색 인종이라면 누구든 사람들이 지켜보는 앞에서 경찰에게 목이 눌려 죽임당할 수 있다는 것을 목격한 예지에게도 같은 서늘함으로 다가왔을 것이다. '가만히 있으라'는 말의 끔찍함을 우리가 함께 이해하고 있다는 사실만으로 14시간의 시차가, 그 거대한 간격이 좁혀졌다.

유선애 오늘 하루 어땠어요? 요 며칠 주로 어떤 생각을 하며 하루를 보냈나요?

예지 오늘 괜찮았어요. 요즘은 몸과 마음, 정신의 건강에 대해 많이 생각하고 있어요.

몸과 마음의 건강이 지금의 나이, 이 시점의 커리어에 중요한 요소라고 생각하는 거죠?

네. 20대 초반, 지금보다 더 어렸을 때는 어떤 일이든 빠르게 밀어붙였던 것 같아요. 많은 일을 과도하게 했어요. 빠른 속도에 몰입해 잠도 잘 자지 않았고, 충분히 건강하게 먹지도 않았어요. 물론 이런 유의 폭발적인 에너지가 창의력을 발현하는 데 도움을 주긴 하지만 그 힘이 계속되지는 않잖아요. 점차 주어진 시간을 어떻게 써야 하는지 알게 됐고, 내 호흡과 맞는 속도도 깨달았어요. 요리, 공부, 운동, 새로운 사람과의 만남 같은 삶을 이루는 기본적인 것들도 충분히 즐길 줄 알게 됐고요.

수면과 식사를 잘 챙기고, 일상을 건강하게 보낸다는 말이 상쾌하게 들려요. 좋아하는 일을 오랫동안 지속할 수 있는 방법에 대해 생각하다 보면 내가 나를 어떻게 효율적으로 사용해야 하는지도 조금씩 알게 되잖아요. 그 과정에서 자기 사용법 같은 것들이 만들어지기도 하고요. 예지 씨도 그런가요?

자기 사용법이라기보다 내가 나를 치유하고 회복하는 방법을 점점 배우게 되는 것 같아요. 힘들거나 지칠 때도 내가 나를 치유하고 회복해야 좋아하는 일을 계속해나갈 수 있잖아요. 긍정적인 마음과 에너지가 나를 한 발 더 움직이게 하니까요. 우울하거나 마음이 복잡할 때마다 한국어로 일기를 쓰기 시작했어요. 답답한 마음을 숨김없이 일기장에 퍼붓는 거죠. 노필터로.

방법과 도달에는 차이가 있지만 근본적으로 예술은 그런 '퍼부음'으로 시작되기도 하잖아요. 대학에서 개념 미술과 페인팅을 전공하고, 그래픽 디자이너로 일하면서도 틈틈이 음악을 계속 만들었어요. 음악을 계속하게 만든 힘은 무엇이었나요?

음악을 계속할 수 있었던 이유는 제가 비주얼 아트 작업을 하고 그 외 창의적인 작업을 위한 다양한 종류의 기술을 익히고 시도하는 이유와도 같아요. 창의적인 분출이 필요했어요. 그 결과가 좋든 나쁘든, 누구라도 이런 분출이 필요하다고 생각해요. 건강한 습관이고요. 자신의 내면에서 벌어지는 일을 바깥으로 표현하는 건 스스로를 사랑하고 돌보는 하나의 방법이라고 생각해요. 말로 표현하는 것이 편치 않다면 그림을 그리거나 글을 쓸 수도 있고요.

그럼 예지 씨는 언제, 어떤 상황에서 더 표현하거나 기록하고 싶어져요?

어떤 상황에서든 음악은 만들 수 있고, 만들어지죠. 하지만 가장 좋아하는 상태는 행복할 때예요. 긍정적인 에너지가 내 안에 가득 채워져 있을 때 정말로 음악을 만들고 싶어요. 행복한 상태를 음악으로 얼려두는 거죠. 그 기쁨을 주위 사람들에게 나눠주고요.

행복한 상태를 만들기 위한 노력도 해요? 모두가 행복을 원하지만 우리는 늘 행복할 수 없잖아요.

맞아요. 어떤 면에서 보면 행복은 찰나의 순간이고, 행복한 감정보다는 과거의 슬픔을 떠올리기가 더 쉽잖아요. 저도 매번 잘 해내는 건 아니지만 지금 이 순간 제게 주어진 것에 집중하기 위해 노력하고, 순간에 감사하려 해요. 매해 내 삶이 나아지고 있고, 나아질 수 있다고 되새기고요. 실제 그 느낌이 맞기도 하고요.

"

나를 불편하게 만드는
다른 사람에 대해
더 생각하려 하고

그 차별의 순간이
실제 나의 잘못이나
나의 문제가 아니라는 것에
더 집중하려고 해요.

시대착오적인
시각을 가진 건
그 사람들이잖아요.

"

대중에게 모습을 드러낸 이후 전 세계적으로 크게 주목받았어요. 신뢰받는 매체로부터 좋은 평가도 들었고요. 그럼에도 지난 3년의 과정을 되짚어보면 뮤지션 예지는 주변 분위기에 동요하기보다 자신의 호흡과 리듬에 따라 주도적으로 음악을 해오고 있다는 인상을 줘요. 쉬운 일이 아니잖아요.

항상 솔직하고 싶어서였던 것 같아요. 솔직한 음악을 만들고 싶고, 솔직하게 음악을 사랑하고 싶고, 길게 걸어가고 싶어요. 남을 위한 음악이 아니라 '나+우리'를 위한 음악을 만들고 싶고요. 이 점에 대해서만 집중하니까 대중성이나 유행은 신경 안 쓰게 되더라고요. 제 고집이 세서 그런 것도 있겠지만요.

그렇게 솔직한 음악을 만들고, 지금의 성취를 얻기까지 규칙이나 규범을 깨는 과정도 필요했죠. 저는 예지 씨를 발견하기 전까지는 뉴욕 언더그라운드 클럽의 턴테이블 앞에 선 동양 여성의 모습을 상상하기 어려웠거든요. 당시 어떤 마음으로 턴테이블 앞에 섰던 것 같아요?

처음 턴테이블 앞에 섰을 때는 제가 다른 사람들의 눈에 어떻게 비칠지 의식하고 있었던 것 같지 않아요. 그게 어떤 상징이 될 수 있다는 것도 몰랐고, 놀랄 만한 일인 줄도 몰랐어요. 그저 내가 원하는 일이었기 때문에 그때 그 자리에 서 있었던 거죠. 저는 음악이 너무 좋았고, 매 순간 음악과 함께 시간을 보내야만 했을 뿐이었어요.

당시에 '누구처럼 되고 싶다'는 생각은 없었어요?

좋아하는 사람들은 아주 많지만 특정 한 사람을 모델로 삼는 건 그다지 좋은 방식은 아닌 것 같아요. 인생을 통틀어 닮고 싶다고 느낀 유일한 사람은 엄마뿐이에요. 엄마가 정말 강한 분이라 다른 누군가를 우러러볼 필요가 없었어요.

엄마의 어떤 모습에서 강함을 느꼈어요?

저는 어릴 때보다 지금 더 엄마를 사랑해요. 이제 엄마의 인간적인 면을 알기 때문이죠. 돌아보면 엄마에게는 제게 완벽하게 보여야 한다는 압박이 있었던 것 같아요. 일을 하면서도 제가 사랑받고 있다고 느낄 수 있도록 늘 시간을 내주셨어요. 커리어와 꿈을 포기하지 않으면서 엄마로서의 일도 포기하지 않으셨죠. 그런 엄마를 존경하면서도 엄마가 스스로에게 더 관대해지길, 실수를 너그럽게 여기며 쉬길 바라요. 이제는 엄마와 이런 이야기들을 솔직하게 나누게 됐어요. 서로가 완벽하지 않다는 걸 알고 있고 그걸 인정했으니까요. 결점을 받아들이는 태도가 엄마를 더욱더 강하게 만드는 것 같아요.

2020년 봄에 발표한 첫 정규 앨범이자 믹스테이프 〈WHAT WE DREW 우리가 그려왔던〉에는 내피 니나Nappy Nina, 빅토리아 신Victoria Sin, 샤이 원Shy One, 욘욘Yon Yon 등 인종을 막론한 여성 뮤지션들이 피처링에 참여했어요. 뮤직비디오와 앨범 사진 촬영은 한국의 여성 아티스트그룹 다다이즘 클럽과 함께했고요. 세계 여러 도시에 흩어져 살고 있는 1990년대생 여성 동료들과의 작업이 어떤 영감과 자극을 줬나요? 그들에게 무엇을 배운 것 같아요?

지금도 과정 중에 있기 때문에 확언할 수는 없지만 이 아티스트들과 함께 작업할 수 있어서 영광이었어요. 아주 열정적이고, 에너지로 가득하고 자신만의 방식 안에서 각자의 화력을 내는 아티스트들이었어요. 그중에서도 다다이즘 클럽 친구들은 지금까지 제가 알지 못했던 많은 감정을 '느끼게' 해줬어요. 내가 (살아온 방식이 다르고 문화적으로도) 다르지만 여전히 한국인일 수 있다는 것을 보여주었죠. 함께 예술 작업을 하는 과정에서 사랑이 어떻게 전해질 수 있는지 가르쳐줬고요.

예지에게 '성공한 뮤지션'이라는 건 어떤 의미인가요?

내가 원하는 음악을 만들고, 이를 듣고 싶어 하는 이들이 있는 상태.

뮤지션 예지가 구축하는 세계는 늘 새로워요. 음악, 영상, 의상 콘셉트, 애티튜드까지 어디서도 본 적 없는 독창성을 지니고 있고요. 그리고 이 모든 과정에 음악 외에도 다방면으로 예술적 재능을 지닌 아티스트 예지의 감각이 발현되고 있어요. 앞으로 계속 지어 올릴 예지의 세계는 어떤 모습이길 희망하나요?

많은 분들이 독창적이라고 느끼신다면 너무 기쁘죠. 어쩔 수 없이 저의 음악적 역량이나 감수성은 자라온 환경과 방식에서 온다고 생각해요. 자라는 동안 여러 도시를 옮겨 다녔고 언제나 빠르게 적응해야만 했어요. 바쁜 부모님의 외동아이로 자랐고 혼자 있는 시간이 많았어요. 돌아보면 이 모든 상황들이 저를 무의식적으로 무엇인가를 만들어내게끔 도운 것 같아요. 저는 앞으로도 생각이나 영감을 공유할 때 최대한 솔직해지려고 해요. 특히 인생의 많은 시간을 외롭게 보냈다는 것을 숨기지 않고 말하고 싶어요. 지금의 공동체, 가족과 친구들, 가능한 최선의 내가 될 수 있도록 해준 '나의 사람들'을 어떻게 만날 수 있었는지 공유하고 싶고요. 같이 공감하고 싶어요.

'최선의 내가 되는' 과정에서 20대 여성으로 사는 일에 대한 고민도 있었나요?

20대 여성으로 사는 일에 대한 고민은 지금 어디에 살고 있느냐에 따라 달라지는 것 같아요. 뉴욕은 제가 경험했고 기억하는 한국보다 조금 더 진보적이기는 해요. 적어도 나이로 판단받는 일은 없으니까요. 그렇다고 차별이 없느냐, 그건 또 아니죠. 미국에서 젊은 한국인 여성으로 사는 것에는 분명 그만의 고통이 따르고요. 그럼에도 저는 여성이라는 사실을 자각한 적이 거의 없어요. 대신 나를 불편하게 만드는 다른 사람에 대해 더 생각하려하고, 그 차별의 순간이 실제 나의 잘못이나 나의 문제가 아니라는 것에 더 집중하려고 해요. 시대착오적인 시각을 가진 건 그 사람들이잖아요.

나의 잘못, 나의 문제가 아님을 깨닫는 과정은 순조로웠어요?

그동안 사회로부터 많은 것을 배웠지만 어떤 배움은 고의적으로 잊어야 한다는 걸 깨달았어요. 애초에 이런 규칙과 규범은 누가 만든 걸까요? 우리와 같은 여성일까요? 우리처럼 생긴 이들일까요? 유색인일까요? 저는 주변 친구, 가족들과 더 많은 대화를 하고 교과서나 미디어가 우리에게 말하려고 하는 것에서 벗어나기 시작하면서부터 역사를 새롭게 다시 볼 수 있었어요.

사회가 가르치는 성 역할과 규범으로부터 자유로워지기 위한 과정에서도 비슷한 시행착오를 거쳐야 했나요?

가장 먼저, 보수적인 미국과 한국에서 자라면서 배웠던 모든 걸 의식적으로 잊으려고 했어요. 이전 세대가 우리 부모님을 가르쳤고, 부모님은 자신들이 배운 그대로 우리에게 고스란히 전했잖아요. '여자(남자)아이는 이래야 한다' '퀴어는 잘못된 것이다' 같은 가르침이 우리 뇌에 각인됐고, 규범과 기준처럼 자리 잡았어요. 하지만 이게 정상이라고 누가 말할 수 있을까요?

두 번째로는 다른 사람들에게 내가 어떻게 보일지 생각하는 걸 그만두고 나를 편안하게 만들어주는 사람들을 보기 시작했어요. 더 나아가선 한국인 여성이라는 이유로 스스로를 작게 만드는 습관에서 벗어나려 노력했고요. 대신 '나를 작게 만드는 사람들이 누구인가?' '그들이 왜 그러는가' 그 이유를 생각하기 시작했어요.

마지막으로, 서로 다른 피부색을 지닌 멋진 여성

들, 퀴어, 트랜스, 논 바이너리, 논 헤테로섹슈얼 남성 등 다양한 친구들을 만났어요. 그들에게서 주체적이고 솔직하게 사는 방법과 규정된 성 역할에서 벗어나 자유롭게 자신을 드러내도 좋다는 사실을 배웠고요.

어떻게 보여지는지에 대한 고민을 그만두기 전까지 '어떻게 보여지고 싶다'는 바람을 갖기도 했어요?

사실 '만들어진 자신' 그 자체는 문제되지 않는다고 생각해요. 다만 한국 사회 안에서 여성으로 성장하다 보면 자신에 대해 제대로 생각하기가 쉽지 않을 것 같거든요. 일상에서 자주 엄청난 인내와 이해를 요구받고, 감정을 억눌러야 하는 순간도 많으니까요. 하지만 제 경우에 '다른 사람에게 어떻게 보일까'의 의미는 '아시안' '여성'으로서 어떻게 보이는가에 대한 문제인데요. 저는 외적인 모습 (아시아 여자처럼 보이죠) 때문에 그동안 다른 대우를 받았어요. 하지만 아시아 여자인 것이 나의 모습이고, 그게 나인데 내가 뭘 어쩌겠어요. 나의 진짜 모습을 보려 하지 않는 사람들을 모두 무시하기로 결심한 이유예요. 있는 그대로의 나를 사랑해주는 사람에게만 집중하기로 한 거죠.

국적과 인종, 세대를 막론하고 많은 여성들이 '자신이 어떻

게 보여질지'를 습관적으로 생각하도록 길러지기도 했죠. 보여지는 모습으로 인해 억압받는 여성들에게 어떤 말을 해주고 싶어요?

타인에게 '어떻게 보여지는가'는 다소 모호한 질문 같아요. 자신이 누구인지, 어디에서 살고 있는지, 어떻게 성장했는지에 따라 어떻게 보일지에 대한 불안이 여러 방향으로 나타날 수 있으니까요. 다만 저는 '내가 매력적으로 보일까'보다 내 동료들에게 '내가 유색 인종으로 비치지는 않을까'를 염려했어요. 나를 둘러싼 모든 사람이 백인이었고, 내가 백인이 아니라는 이유로 종종 나를 좋아하지 않았으니까요. 이런 경우는 모든 종류의 불안에도 적용할 수 있을 것 같아요. 만약 누군가 당신을 당신이라는 이유만으로 싫어한다면 그건 당신의 잘못이 아니에요. 이 사실은 저 자신에게도 더 진실할 수 있도록 용기를 줬어요.

아시아 여성으로 작게 살아오던 당신이 스스로 생각하는 것보다 훨씬 강한 사람이라는 사실을 깨달았던 순간이나 계기가 있나요?

서구 사회가 아시아 여성들을 어떤 시선으로 바라보고 인식하고 있는지 배우기 전까지는 저도 저의 긍정적인 면을 바라보기가 어려웠어요. 모두 '내가 되고자 하는 사람이 될 수 없'을 거라고 여기도록 만들었거든요. '그게 말이나 되느냐'는 식으로 그 가능성에 대해 생각할 여지조차 주지 않았어요. 또 미국에서 성장하는 동안 TV나 음악, 영화 등 대중문화에서 제대로 된 아시아 여성상을 보지 못했고요. 하지만 이후 대학을 다니기 위해 미국으로 돌아오면서 '될 수 있는 나'와 '될 수 없는 나'에 대한 말들을 무시하는 방법을 배우기 시작했고 불안감을 한 겹씩 벗어낼 수 있었어요. 물론 사회가 하는 말을 의도적으로 무시하거나 잊는 게 쉬운 일은 아니에요. 저도 여전히 배우고 있고요. 하지만 당신 곁에 좋은 사람들이 있다면 그들이 올바른 질문을 할 수 있도록 도울 거예요. 제가 자랄 때만 해도 유명한 아시아 여성 뮤지션이 많지 않았는데 지금은 그 이유를 알게 됐어요. 재능 있는 아시아 여성 뮤지션이 존재하지 않았던 것이 아니라 서구 사회와 미디어가 그들을 보여주길 원치 않았던 거예요. 돌이켜보면 저는 늘 강했지만 그 사실을 깨달은 후부터 내 안에 숨겨져 있던 힘이 솟아난 것 같아요.

이야기를 나누다 보니 예지 씨의 확신과 용기는 있는 그대로의 나를 바라봐주는 주변 사람들과 좋은 질문을 통해 만들어지지 않았을까라고 짐작하게 돼요. 나란히 함께하는 것, 연대의 중요성에 대해 새삼 생각하게 되고요.

연대는 정말 중요해요. 가족으로부터 소외된 많은 퀴어들을 위해 친구와 퀴어 커뮤니티가 나서서 그들을 지지하는 시스템을 구축하고 새로운 안식처를 찾아주는 일은 아주 중요하죠. 유색인 이민자 가정의 자녀들은 자신과 유사한 사람들과 연결되면서 세상을 뚫고 나가는 힘을 얻을 수 있고요. 이제 막 무대에 오르기 시작한, 자신의 이야기와 감정을 솔직하게 드러내는 젊은 페미니스트 예술가들에게는 연대가 불안과 소외로부터 자신들을 보호해주는 존재가 돼요. 서로의 얼굴을 알지 못해도 누군가가 보내는 지지와 사랑이, 이들에겐 작업을 오래 지속하게 할 응원이 될 수 있으니까요.

지난봄, 'Black Lives Matter' 운동의 연대를 구하는 긴 글을 트위터에 올렸어요. '우리 모두는 이 일을 해결하기 위해 해야 할 일이 있다. 하지만 침묵하는 것, 흑인들 스스로 그들의 입장을 설명하도록 요구하는 것은 옳지 않다. 듣고, 읽고, 배우며 변화를 위해 전념해야 하는 것이 바로 우리가 할 일이다.' 저는 이 문장이 특히 좋았어요. 뮤지션으로서 음악 외적인 견해를 밝히는 건 어떤 각오를 필요로 하기도 하는데 어떤 마음으로 그 글을 쓰게 됐어요?

인종차별, 식민주의, 백인 우월주의는 미국이라는 나라가 시작되면서 생겨났고, 이제는 전 세계에 퍼져 있잖아요. 우리가 현실에 안주하고 침묵한다면 변화는 만들어지지 않아요. 더 이상 아무것도 하지 않은 채 이 자리에만 머물러 있으면 안 되는 지점에 이르렀다고 생각해요. 도널드 트럼프의 발언과 행동, 조지 플로이드의 죽음, 미국 정부가 코로나19에 대처하는 방식 등을 보고 있으면 물이 넘치기 시작한 컵을 보는 기분이 들어요. 임계점을 넘긴 것만 같은. 변화를 갈망하는 지금의 추진력을 이용해 올바른 인식을 확산시키고 가능한 한 많은 조치를 취해야 해요. 변화는 반드시 이뤄져야 합니다. 이건 단순히 한 명의 뮤지션이 그의 팬들에게 보내는 메시지인 것만은 아니에요. 한 인간이 다른 한 인간에게 전하는 말이에요.

평화를 위한 변화는 빠르게 이뤄지지 않죠. 변화의 속도는 느리고 어떤 날에는 아무것도 바뀌지 않을 것만 같은 생각에 분노하고 두려워하다 무기력해지기도 합니다. 예지 씨는 이럴 때 어떻게 마음을 추스르나요?

변화가 빨리 이뤄지지 않을 것이라는 생각이 변화를 가장 크게 가로막는 것 같아요. 변화는 다양한 형태의 물결로, 모양으로, 크기로 올 거예요. 가령 가족 안에서 어떤 합의에 도달하는 것, 이로써 세대 간의 격차가 조금 줄어드는 것 역시 변화이고요. 누군가에게 전화를 걸어 투표에 필요한 준비물을 안내하는 것 역시 변화예요. 책을 읽고 이전까지는 절대 갖지 않았을 의문을 품기도 하고, 새롭게 다시 배우거나, 틀리게 배운 것을 의식적으로 지우려고 하는 것 역시 변화고요. 이런 작은 변화들이 더 큰 변화를 이끈다는 희망을 잃지 않는 것이 변화를 지속시킬 열쇠라고 생각해요.

이 세계가 좋아질 거라고 믿나요? 예지 씨가 생각하는 더 나은 삶은 뭔가요?

저는 우리 세대와 미래 세대가 세상을 치유하고 균형을 이뤄낼 거라고 믿어요. 이전 세대가 지구에 어떤 해를 끼쳤는지, 서로에게 상처를 입히면서 무엇을 했는지 이제 우리가 알잖아요. 제가 꿈꾸는 세상은 사람들이 자연과 조화롭게 살면서 서로 감사를 표하고, 자신의 신념을 실천하며 사는 거예요. 모두의 창의적인 표현이 제대로 인정받고 격려받는 세상, 당신이 좋아하는 것과 필요로 하는 것을 자본주의가 결정하지 않는 세상, 인내와 휴식이 있는 세상이요.

삶 속에서 되고 싶고,
기꺼이 사랑하게 되는
여성의 모습이 있다면요?

어린아이와 같은 호기심을 가진 순수한 사람들을 좋아해요.
궁금한 것이 많고, 사회가 우리에게 가르쳐준 가치관에 질문
하고, 도전하고, 대항할 줄 알며 늘 새로운 것을 시도하는 여
자들이요.

예지

페미니즘에 대해 저에게 "'누구나 평등한 것'. 여자든, 퀴어든, 트랜스젠더든, 논 바이너리든, 그 누구라도"라고 말한 적 있어요. 2년이 지난 지금 어떤 말을 덧붙이고 싶나요?

요즘 'Rhythm, Race, Revolution'이라는 이름의 수업을 듣고 있어요. 식민주의와 인종 자본주의 등의 주제들을 전 세계 흑인 뮤지션들의 음악으로 접근해보는 수업인데요. 최근 이 수업에서 흑인 여성 해방 운동Black feminist liberation과 연결된 텍스트를 함께 공유한 적이 있어요. 이성애자, 백인, 남성들에게 당연하듯 주어진 권리를 어떻게 제자리로 가져갈 수 있을까에 대한 이야기였는데요. 이걸 반대로 생각해보면 이성애자, 백인, 남성 그리고 기타 등등의 기득권자 역시 흑인 여성 해방 운동 없이는 평등하고 행복한 사회에서 살 수 없다는 말이기도 하거든요. 그런 의미에서 이 운동은 단지 흑인 여성만을 위한 것이 아니라 트랜스젠더, 퀴어, 장애인, 블루컬러 노동자를 위한 것이기도 해요. 마찬가지로 지금 한국의 페미니즘 역시 여성뿐만 아니라 성소수자, 장애인, 이민 노동자 등과 함께 성장해야 한다는 생각이 들고요. 차별 없는 미래가 단지 약자를 위한 것만이 아니라 모두에게 이로운 미래라는 생각을 많이 해요.

미국 사회 안에서 공부하는 와중에도 한국을 바라보게 되네요.

미국의 흑인들이 겪었던 고통의 역사, 그들의 문화를 공부하면서 외려 한국을 더 이해하게 되는 것 같아요. 식민지 개척자(백인들)와 식민지화된 이들의 관계를 깊이 공부하고 있는데 자연스럽게 한국과 일본의 상황도 대입하게 되더라고요. 요즘은 이런 쪽으로 많이 생각하고 있어요. 음악으로도 반영되면 좋을 텐데요. (웃음)

마무리할까요? 지키고 싶은 당신의 모습은 무엇인가요?

솔직함, 자신감, 겸손함.

지금 이 순간 가장 경계하는 것은요?

"Fake news and fake people."

'자꾸 제 말이 길어지네요.' 예지와 주고받는 메일은 서로 자신의 말이 길었다며 서둘러 마무리하고 끝을 맺는 식이었다. 오래 생각하고 정리한 말들이 전해지고, 그 위에 다시 각자의 의견이 덧입혀지며 대화는 살집을 부풀려갔다. 예지는 어떤 질문에 대해서는 긴 답을 보내왔고, 가급적 정확히 표현하고자 했으며 이해를 위해 영어와 한국어로 이야기를 주고받았다.

차분했던 왕복 운동이 갑자기 커브를 튼 건 그가 "인생의 많은 시간을 외롭게 보냈다는 것을 숨기지 않고 말하고 싶어요"라고 답한 순간부터다. 나는 이 문장을 읽을 때 자세를 고쳐 바로 앉았다. 서로 얼굴을 마주하지 않아도 우리를 둘러싼 공기가 변화했음을 느낄 수 있었다.

그 짧은 문장을 쓸 수 있기까지 그가 '동양 여자아이'로 어떤 시간을 보내야 했으며, 무엇을 경험하고 감당해야 했는지 그리고 마침내 어떻게 그 시간들을 통과할 수 있었는지 그때의 마음들을 내가 짐작하기란 어렵다. 유일한 방법은 내가 보는 풍경이 아닌, 그가 바라보는 자리로가 가만히 듣는 것뿐이었다. 예지는 자신의 자리에 서서 굳게 발을 붙인 채 '내가, 우리가, 여기 있다고' 말하기를 주저하지 않는다. 지금 이 순간 과거의 자신처럼 고립되고 소외되었다고 느끼고 있을 누군가에게 자신의 말이 닿길 바라서다. 도움이 될 수 있다면 때에 따라 긴 자기고백을 하기도 하고, 누군가의 이야기를 오래 듣기도 하며 '가능한 한 최선의 각자가 될 수 있'는 공동체를 만들고자 한다.

　　믿기 어려운 것들이 더 많은 세계 속에서 예지는 신뢰하는 쪽으로 기운다. 신뢰의 상당 부분은 미래를 바꿀 공동의 행동과 그 가능성에 기대고 있다. 돌아보면 지금 이 순간에도 우리가 미래를 만들고 있다고 믿는 사람, 의심을 질문으로 바꿀 줄 아는 사람, 부정적인 에너지가 자신을 지배하도록 내버려두지 않는 사람과의 긴 대화였다.

　　인터뷰가 마무리될 무렵 미국 대선이 시작되었다. 사전 투표를 마친 그가 SNS에 셀피 한 장을 올렸다. 간신히 내 코앞만 보고 사는 내게 미국 대선과 세계 정세 같은 말은 너무나 멀다. 그럼에도 이번 대선은 유독 길게 느껴졌다. 아이를 씻기고 먹이다 말고 하루에도 몇 번씩 포털 뉴스창을 열었다. 조금 전까지 나와 메일을 주고받았던 그가 거기에 살고 있기 때문이다. 마지막 메일에서 그는 "저도 제가 이렇게 정치적인(?) 인간인 줄 몰랐어요. 소수민족, 퀴어 친구들과 함께 좋은 미래를 꾸려나가기 위해서는 정치가 중요할 수밖에 없더라고요" 하고 웃음을 보냈다. 정치적이고 무해한 한낮의 웃음이 이른 새벽, 나에게로 건너왔다.

김초엽

"

비관적인 상황에서도

할 수 있는 일을
찾아 해나가는
여자들을 좋아해요.

"

포스텍 화학과를 졸업하고 동 대학원에서 생화학 석사 학위를 받았다. 2017년 〈관내분실〉로 제2회 한국과학문학상 중단편부문 대상을, 〈우리가 빛의 속도로 갈 수 없다면〉으로 입상을 동시 수상하며 작품 활동을 시작했다. 그의 첫 소설집 《우리가 빛의 속도로 갈 수 없다면》은 출간 1년 만에 판매부수 17만 부를 기록했다. (2020년 12월 기준) 한국 SF 문학이 이룬 최초, 최고의 성과다. 일본에 진출한 한국 저작물 중 최고 수준의 선인세로 판권 계약을 하며 화제가 되었고, 그의 단편 〈스펙트럼〉은 영화 〈벌새〉의 김보라 감독의 차기작으로 영화화될 예정이다. 최근 김원영 변호사와 함께 연재한 칼럼을 묶은 《사이보그가 되다》를 출간했다.

오래도록 과학과 우주, 모험, 미래 이야기의 주인은 우리가 아니라고 생각했다. 성운과 은하의 모습을 보고 생애 처음 '경이'라는 단어의 질감을 느낀 건 어린이 잡지 《과학 소년》을 통해서였고, 갈릴레이도 케플러도 뉴턴도 남자이며, 코페르니쿠스가 지동설을 주장한 지 500년이나 지난 지금도 미디어 속 과학자와 우주비행사들은 대체로 남자니까. 물론 우주 과학의 세계에서도 오래전부터 유능한 여성이 존재해왔고, 제 일을 하고 있다. 주목하지 않을 뿐. 분명히 존재하는데 은연중에 감춰지거나, 대충 읽혀온 인물에게 서사를 부여하는 것이 소설이 하는 일 중 하나라면, 소설가 김초엽은 SF 세계에서 여성이 할 일이 얼마나 많은지 그리고 그것이 결코 이질적이지 않음을 아름다운 이야기로 증명한다.

김초엽의 소설 속 바이오해커, 우주비행사, 과학자, 생물학자는 모두 여성이다. (여성으로 직시돼 있지 않을 경우 그 외 성별은 알 수 없다.) 이들은 배아를 원하는 대로 수정 보완해 인간을 탄생시키고〈순례자들은 왜 돌아오지 않는가〉, 외계 생명체와 소통하며〈스펙트럼〉, 데이터 시뮬레이션으로 죽은 가족을 만날 수도〈관내분실〉 있다. 오늘의 우리가 그렇듯 이야기 속의 미래 여자들 역시 완벽하거나 완전하지 않다. 하지만 이들은 각자의 불균질함과 불완전성을 딛고 마침내 세계에 대해 의심하고 질문하며 맞선다. 세상이 세뇌한 목표가 아니라 자신이 설정한 목표, 누군가는 동의하거나 응원하지 않을 결말을 향해 각자의 의지로 뻗어나간다. 두려움을 뚫고 점점 춥고 어두워지는 우주와 심해 속으로 기약 없는 여행길에 오르기도 한다. 이런 사람으로 살겠다는 선언이자, 과거의 어떤 나와는 이별하겠다는 듯 원하는 삶으로 자신을 멀리, 더 멀리 보낸다. 그리곤 말한다. "나는 내가 가야 할 곳을 정확히 알고 있어"〈우리가 빛의 속도로 갈 수 없다면〉 "우리는 그곳에서 괴로울 거야. 하지만 그보다 많이 행복할 거야"〈순례자들은 왜 돌아오지 않는가〉라고. 그 과정 속 추락도 도약도 온전히 여자의 것이다. 김초엽은 이 황홀한 성장 서사에 노년 여성, 장애인, 비혼모, 이주민도 충분히 자리할 수 있다는 것을 보여준다. 그렇게 그의 이야기 안에서 여자들은 자기 자신의 모습으로, 여러 방식의 삶을 '산다'.

　스물여섯 살, 신인 작가의 첫 단행본이 발간 1년 만에 17만 부가 판매되고, 주요 문학상에 이름을 올리며, 영화 〈벌새〉의 김보라 감독이 차기작으로 그의 작품을 영화화하는 지금의 환대를 한두 가지 이유만으로 설명하긴 어려울 것이다. 다만 그의 글을 읽고 난 이들은 공통적으로 '아름답다'고 말한다. 미지의 세계에 대한 환상적인 묘사, 미래 기술에 대한 탁월한 상상력보다 더 초월적으로 장엄하고, 우아한 것이 그의 이야기 안에 있다. 김초엽 소설의 아름다움은 존엄하기를 선택한 개인과 개인 사이에서 만들어진다. 그가 그리는 여자들은 다른 존재를 이해하기 위해 애쓴다. 내가 나로 살기 위한 생존의 우선순위에서 타인의 이름을, 존재를 뒤로 미루거나 지우지 않는다. 당신을 이해하는 일은 영영 불가능할 수 있겠지만 (아마 분명히 그럴 테지만) 손부터 내민다. 인터뷰 중 작가는 "어디서, 어느 시대를 살아가든 서로를 이해하려는 일을 포기하지 않고 싶다"고 말했다. 그는 광활한 우주 속 먼지같이 작고 미약한 개인과 개인이 이룩해낼지도 모를, 유토피아의 가능성을 놓지 않는다.

SF가 남성의 장르라고 생각하는 이들이 많지만 김초엽은 어슐러 르 귄, 옥타비아 버틀러, 코니 윌리스, 낸시 크레스, 김보영, 정소연 등 앞서 걸었고, 걷고 있는 여성 작가들을 호명하며 "SF는 어떤 공고한 대중적 이미지와는 달리 여성 작가들이 최전선에 서서 그 한계와 가능성을 발견하고 지평을 끊임없이 확장해온 장르"라고 말한다. 일찍이 여성들이 일궈놓은 자리에서 김초엽은 나아간다.

유선애 '기발한 상상력과 글솜씨가 대가에 버금갑니다. 여자가 쓴 글 같지도 않고요'라는 어느 독자의 리뷰, 본 적 있나요?

김초엽 네. 누군가 트위터에 올린 걸 보고 놀랐어요. 여자가 쓴 글 같지 않아서 좋다는 말은 아무래도 납득이 어려웠죠. 되려 여성 작가가 쓴 이야기임을 강조하고 싶었는데. (웃음)

앞서 독자 리뷰가 증명하듯 SF 소설은 주로 남자가 쓰고, 향유하는 장르로 오해받아왔죠. 이에 대해 현재 활발히 활동하는 여성 SF 작가가 많고, 그들이 추구하는 장르도 다양하다고 선을 그었습니다. 여성 SF 작가만이 쓸 수 있는 이야기가 있다고 생각하나요?

여성 SF 작가들이 각자 다양한 글을 쓰고 있기 때문에 그걸 여성이라는 이유로 묶기도 어렵고, 오히려 이런 분류가 가능성을 제한한다고 느껴요. 작가가 여성이기에 담을 수 있는 시선이 있을 수도 있고, 없을 수도 있죠. 다만 여성 작가들이 쓰면 주인공이 여성인 경우가 많고, 적어도 수많은 남자들 사이에 예쁜 여자 한 명 끼워 넣는 식의 인물 구성은 안 나오지 않을까요. 여성을 여성처럼 그린다는 것, 여자를 인간으로 그리는 여성 작가들이 많다 보니 저 역시 그런 점에서 좋은 영향을 받았어요.

실제로도 소설집 속 대부분이 여성 주인공이죠. 남성 캐릭터가 등장하지만 비중은 미비하고요.

습작할 때만 해도 남자 주인공을 주로 썼는데 페미니즘이 부상하고, 여성 서사가 대두되는 과정을 보면서 왜 여태까지 남자 주인공을 주로 세웠을까라는 생각이 들더라고요. 이번 소설집에는 〈관내분실〉부터 쓴 단편들을 수록했는데 〈관내분실〉을 쓸 때는 페미니즘 메시지를 담겠다기보다 주인공을 여성으로 설정하자라는 마음으로 단순히 시작했어요. 그래서 완성된 글이 〈관내분실〉과 〈우리가 빛의 속도로 갈 수 없다면〉이고요. 두 작품 발표 후에 독자들로부터 여성 이야기이고 여성 과학자가 등장해서 좋았다는 리뷰를 많이 받았어요. 사람들이 생각보다 여성 과학자 이야기에 환호한다는 걸 느꼈죠. 개인적으로도 석사 과정 중에 여성 과학자 롤모델이 많았으면 좋겠다는 바람이 있었거든요. 여성 과학자가 현실에 많았으면 좋겠지만 소설로써 그 바람을 먼저 보여주고 싶었어요.

여성 주인공의 연령대가 다양한 것도 흥미로웠어요. 대중문화예술 속 대부분의 주인공 여성은 20~30대이고, 그 외 여성들은 가족 구성원의 일부로서 주로 소비돼 왔잖아요.

반면 김초엽 작가의 이야기에는 107세 과학자〈우리가 빛의 속도로 갈 수 없다면〉, 48세의 동양인 비혼모 우주비행사〈나의 우주 영웅에 대하여〉 등 다양한 연령대가 존재하고, 이들은 노년에도 원하는 삶을 찾아갑니다.

다양한 이야기를 쓰려고 하다 보니 자연스럽게 연령대가 폭넓게 형성된 것 같아요. 다만 여성 캐릭터에 있어 소설이 달리 접근할 수 있는 건 자본의 규모와 연관이 크겠죠. 제 경우에는 하고 싶은 이야기를 쓰지만 아무래도 여타의 대중매체들은 여러 입맛을 맞춰야 한다는, 흥행에 대한 고민이 있을 테고요. 적어도 그런 점에서 소설이 자유로운 만큼 다양한 이야기를 이끌고 가야 하지 않을까, 소설이 어떤 새 흐름을 선도적으로 보여주는 매체가 되면 좋지 않을까 싶어요.

다양한 연령대의 여성이 등장한다는 것 외에도 이들 각자의 목표와 욕망이 선명하다는 공통점이 있어요. 세상이 세뇌한 목표가 아니라 자신만의 목표, 누군가는 동의하거나 응원하지 않을 결말을 향해 각자의 의지로 뻗어나가요. 독자가 그러했듯 작가님 역시 이야기를 만드는 과정에서 어떤 해방감을 느꼈을 것 같고요.

변화에 대한 이야기를 쓰고 싶은데 변화는 긍정적

일 수도 부정적일 수도 있죠. 저는 아무래도 긍정적인 결말을 선호하다 보니 인물들이 기존 관습에 맞서서 성장하는 이야기를 좋아해요. 소설적 측면에서도 보통의 사람들과는 다른 선택을 하는 인물이 매력 있잖아요. 매력적인 인물들을 여성으로 세운 거죠. 〈나의 우주 영웅에 대하여〉속의 재경 이모 같은 경우, 사회적으로는 비난받을 수 있는 선택을 하지만 인물에게는 해방이고요. 내가 현실에서 할 수 없는 일을 인물이 대신해주면 즐거워요. 그런 점에서 이번 소설집에서 가장 마음을 쓴 인물이 재경 이모예요. 적어도 제 이야기 안에서는 자유롭게 해주고 싶었어요.

재경 이모는 그가 속한 집단에서 상정하는 정상 범주에서 벗어나 있죠. 소수자이지만 소위 '소수자다움'이 없다는 것, 최종적으로 모두의 기대를 배신해버린다는 것도 매력적이었어요.

재경 이모의 경우 본인 능력이 있잖아요. 학벌과 재력을 지녔으니 어떤 측면에서는 주류의 인물이고요. 한 사람이 반드시 주류와 비주류로 구분되는 것이 아니고 다면적이라고 생각해요. 그러니 어떤 이가 비주류를 대표한다고 말하는 건 문제가 있는 것 같고요. 주로 그 점을 의식하면서 이야기를 쓰게 되는데 나는 피해자이고 비주류다라고 할 때 오히려 방해되는 지점이 있는 것 같아요. 자신이 어떤 곳에서는 권력을 가지고 있고, 또 어떤 곳에서는 아닌지 생각하는 게 중요한 것 같아요.

미래와 기술을 다루는 SF 장르에서 출산우울증에 시달리는 엄마, 임산부를 배제하는 직장, 중년 아시아 여성을 향한 편견 등 지금 이곳의 사회 문제들을 만나게 될지 몰랐습니다. 개화기 페미니스트들이 남겼던 글을 읽고 백 년 전과 지금이 별반 다르지 않아 느꼈던 당혹감을 다시금 경험했어요.

제 딴에는 지금보다 나은 미래를 그렸다고 생각했거든요. 읽는 분들은 그렇게 안 느끼는 거 같지만. (웃음) 미래가 지금보다 확 좋아져 있을 것 같지는 않고요. 점진적으로 나아질 수는 있을 것 같은데 아무래도 기술 발달에만 의지하기보다 인식의 변화가 별도로 이뤄져야 한다고 봐요. 어떤 분들은 기술이 이렇게 발달한 미래에 이런 차별이 아직 남아 있겠냐는 리뷰를 주시기도 하는데요. 저는 오히려 퇴보할 수 있다고 생각하거든요. 진보와 퇴보 모두 가능한데 그건 결국 지금 우리가 어떻게 행동하느냐에 달려 있지 않을까요.

그 문제의식은 〈순례자들은 왜 돌아오지 않는가〉에서 잘 드러나는 것 같아요. 인간의 결함을 치료해 완벽한 형태의 생명체를 만들기보다 결함을 바라보는 인식 변화가 더 필요하다고요.

저도 계속 고민 중이에요. 기술이 발달할수록 변화에 뒤처지는 사람들을 배제하는 순간이 생기더라고요. 기술을 따라가지 못하는 사람들이 너무 많잖아요. 기술이 어떤 직업을 빼앗는 경우도 흔하고요. 인간을 배제하지 않는 기술에 대한 논의가 되고 있지만 아직까지 그 논의가 주류적인 건 아니고요. 기술이 워낙 개발 비용이 많이 들다 보니 주류의 관점에 따라 연구가 결정되고 운영되기 쉽거든요. 근본적으로 기술을 비관하는 건 아니지만 어떻게 하면 과학과 기술이 인류 전체에 도움을 줄 수 있을지 구조적인 면에서 고민을 많이 해요. 그리고 이에 대한 사회적 논의가 활발하게 이뤄질수록 우리가 원하는 형태의 사회가 만들어질 거라 보고요.

우리가 원하는 형태의 사회에 대해 생각하는 과정에서 '정상성'에 대한 고민도 있었나요?

어떤 표준의 인간, 일반적인 인간이 존재하는 것 같지만 현실에 그런 완전한 표준인간은 없어요. 대부분의 사람들이 어떤 측면에서는 정상성이 있고, 또 어떤 측면에서는 표준 바깥으로 밀려나고요. 인간은 무언가를 분류하고 구분 짓고 싶어 하는 본능이 있는데, 소설이 그려내는 매우 구체적이면서도 다른 모습을 가진 인물들이 그 구분 지음에 의문을 제기할 수 있을 것 같아요.

정상성 외에도 여성의 삶에 대한 작가의 관심 역시 이야기의 안팎에서 자연스럽게 나타나요. 여성주의적 시각을 갖게 된 변화의 계기가 있었나요?

어렸을 때 교회에 다녔는데 어린 나이에도 그곳 분위기가 너무 이상하다고 생각했어요. 아내는 신에게 순종하듯 남편에게 순종하라고 가르쳤거든요. 교회를 위해 봉사하는 여자들, 목사 사모들은 많은데 정작 여성 목사는 없었고요. 그 불균형에 대한 의문이 저를 최초의 페미니즘 책으로 이끌었고요. 그렇게 점차 여성 차별에 대한 문제의식을 갖게 되면서 자연스럽게 페미니즘 관련 서적을 찾아 보게 됐어요. 당시에는 주변에 페미니스트라고 자신을 지칭하는 이들이 별로 없었기 때문에 헷갈리는 게 많았어요. 이게 여성 혐오가 맞는지, 나만 유난스럽게 생각하는 건지 아닌지 잘 모르겠더라고요. 예를 들어 과도하게 성적대상화된 TV 광고가 제게는 너무 기이하게 다가오는데 주변 그 누구도 이상하게 보지 않는 거죠. 그런 시간들을 지내다가 2016년 이후 분위기가 많이 바뀌었잖아요. 그때부터 내가 틀리지 않았다는 안도감을 느꼈던 것 같아요. 과거 무신경하게 생각한 것들에 대해서도 아, 이렇게 하면 안 되는 거구나라는 각성도 했고요.

맞아요. 모두 각자의 각성 경험이 있다고 생각해요. 학교와 가정에서 알게 모르게 잘못 학습한 것들, 틀리게 배운 것들에 영향을 받기도 했으니까요. 무의식에 쌓인 것들을 인지하고 각성하는 것이 실천의 시작이라 한다면 스스로 가장 먼저 떨쳐내려 했던 틀린 가치관이나 고정관념이 있었나요?

여성들도 같은 여성을 비난하고 낮추어 보도록 사회화되는 것 같아요. 저도 어릴 때 여자 친구들에 대한 불만이 있었어요. 예를 들면 여자들은 남의 사생활에 너무 쓸데없이 관심이 많은 것 같다거나, 감정적이고 예민하다거나 하는 편견들. 개인의 특성, 주로 부정적인 것들을 여성 전체의 특성으로 일반화해버리는 사회적 분위기를 그대로 학습한 나머지 오랫동안 여성 집단에서 소속감을 느끼지 못했어요. 페미니즘을 배우면서 그런 과거를 많이 반성했고 지금은 완전히 달라졌어요. 여성들과 훨씬 안정적이고 긍정적인 관계를 맺게 되었고 예전보다 깊은 연대감을 느껴요.

재학습 과정에서 도움을 준 것, 지금의 태도에 영향을 미친 결정적인 도움은 무엇이었어요?

대학교에서 만난 여자 친구들이요. 인권 문제에 관심이 많고 적극적으로 행동하는 친구들이에요. 나중에는 남성 중심적인 이공계 대학에서 페미니즘 모임을 만드는 데에도 앞장섰는데 저는 성실하게는 아니고 종종 참석했어요. 그런 친구들이 옆에 있다는 것만으로도 힘이 되었죠.

남성 중심적인 이공계 대학, 과학 분야에 특화된 대학에 다니면서 불합리한 일들 혹은 이해할 수 없는 분위기 같은 것들도 경험했을 것 같은데요.

말로 다 할 수 없죠. 입학한 지 얼마 안 되었을 때부터 학교 게시판에 올라오는 '총여학생회를 폐지하자', '총여학생회는 역차별이다'라는 게시물을 한두 번 본 것이 아니니까요. 총학생회 일을 하면서 성폭력 실태조사를 진행했었고 그 결과를 대자보로 게시한 적이 있어요. MT와 술자리에서 성폭력이 일어난 충격적인 제보였는데 그런 건 이상하게도 남학생들 사이에서 화제가 되지 않았어요. 한편 한 여학생이 단톡방 성희롱 사건에 대한 공론화를 하자 피해 여학생에 대한 어마어마한 2차 가해가 쏟아졌고요. 이공계에서의 여성 차별은 일단 둘째 치더라도, 그런 사람들과 같은 공동체에서 지내고 있다는 감각 자체가 정말 힘들었어요.

그곳에서 여성 과학자는 여전히 특별한 존재인가요? 왜 성별 격차가 큰 분야일수록 그 안에 종사하는 여성들이 개인이 아닌 여성 집단의 대표로 여겨지기도 하잖아요.

과학기술 안에서도 여성이 정말 적은 분야가 있어요. 과학 분야도 다른 사회와 크게 다르지 않아서 임신으로 인한 경력단절도 많고 위로 올라갈수록 여성 수가 적어져요. 모든 분야가 그렇듯 여성 과학자들이 과도한 기대를 받고 있잖아요. 지금 세계적으로 과학계가 보다 많은 여자 학생들이 과학기술 분야를 전공해야 한다는 문제의식을 공유하고 있는 것 같아요. 이를 개선하려는 노력도 하고 있는 것 같고요. 대학 내에서도 페미니즘 운동이 활발히 전개되고 있고요. 제가 다녔던 포스텍의 경우는 '포스텍 페미니즘'이라는 단체를 만들어서 주도적으로 세미나를 열고, 대자보도 붙이는 식으로 분위기를 바꿔가려는 운동들이 있었어요.

"

유토피아가
완성형 공간으로
등장하는 것이 아니라

세상을 유토피아로
바꿔가려는 개인들이
유토피아의 가능성을 가지고
있다고 생각해요.

과정적인 측면에서
유토피아를
이야기하고 싶어요.

"

변화하는 분위기에 대해서 일전에 "'한국과학소설작가연대'는 성소수자의 인권과 여성주의를 지지한다는 확인을 해야 회원 가입이 가능하다"는 이야기를 한 적 있어요. 작가님을 둘러싼 세계가 점점 달라지고 있음을 느낄 때가 있나요?

작가가 된 이후보다 오히려 학생 때 크게 느꼈어요. 페미니즘이 부상하기 전과 비교하면 학교 분위기, 여자 친구들과의 관계가 많이 변했으니까요. 반드시 긍정적이라고 볼 수만도 없는 것이 남학생들의 경우 반발심이 굉장히 크잖아요. 과격하게 반응하는 경우도 있고. 반면 여자 친구들과는 예전보다 훨씬 끈끈해진 것 같아요. 미래 지향적인 이야기를 많이 나누게 됐고, 서로를 격려하고 지지하는 관계로 변화했죠. 페미니즘이 사회적 이슈가 된 이후에 작가로 활동하다 보니 최근 만나는 사람들이나 겪는 사건들은 대체로 덜 고통스러운 편이고요.

〈순례자들은 왜 돌아오지 않는가〉 〈스펙트럼〉을 비롯해 많은 작품에서 관계와 소통, 인류에 대한 작가의 애정이 느껴집니다. 지금 세계에 대한 희망과 믿음을 버리고 싶지 않다는 마음이요.

글쎄요. 인류애보다는⋯ (웃음) 〈스펙트럼〉을 보

면 초반에 집단으로서의 인류가 외계 생명체와 접촉에 실패하는 장면이 나와요. 인간이 외계 생명체를 발견하지만 그 생명체들이 인간을 거부하는 거죠. 왜 그런 장면을 썼냐 하면 제게 집단으로서의 인류는 그다지 매력적이지 않거든요. 집단에 대해 좀 회의적으로 바라보고 있고요. 집단보다는 개인과 개인 사이의 관계가 더 가능성이 있다고 생각하고 그런 문제의식을 담으려 했어요. 개인에게 희망을 건다는 것이 낙관적일 수 있지만 제가 특별히 낙관적이지는 않은 것 같아요. 그보다는 사람들은 저마다 가능성을 보고 싶어 하는 마음이 있는데 소설이 그런 바람을 발견하게 만드는 기폭제가 된 게 아닌가라는 생각도 독자들의 반응을 보면서 들었어요.

부끄럽지만 저는 이제야 SF 소설이 흥미로운 모험 이야기일 뿐 아니라 타자와 소수자의 이야기를 깊게 나눌 수 있는 장르임을 깨달았어요. 작가님은 SF 문학의 의미를 어떻게 정의하고 싶나요?

SF를 정의하는 말이 정말 많아요. 한마디로 규정할 수는 없지만 다만 고민해보면 SF는 인지적인 변화, 인식의 경계를 넓혀가는 장르라고 생각해요. 경이감이라고 표현하기도 하는데요. 이전까지는 경이감이라고 하면 과학을 통해 인간이 우주와 세계를 보며 느끼는 감정을 주로 표현했는데, 이제는 나와 다른 존재를 이해하게 될 때 경이감을 느낄 수 있다고 생각해요. 완전히 다른 존재와의 접촉이나, 인간과 인간 사이에서 누군가를 이해하게 되거나, 혹은 타인이 나를 이해하게 될 때 느끼는 인식의 전환, 인식의 확장이 있잖아요. 거기에 관심이 있어요. 우주를 보며 느끼는 경이감도 물론 좋아요. 그래서 과학을 공부하게 된 이유도 있으니까요. 저는 과학 소설 역시 인간의 내면을 탐구할 수 있는 문학이라고 생각하기 때문에 그런 측면에서 SF는 세상을 넓히는 장르 같아요.

작가님이 꿈꾸는 유토피아는 어떤 세계인가요?

〈순례자들은 왜 돌아오지 않는가〉에서 묘사했던 '마을'이 제가 생각하는 유토피아와 가장 닮아 있지 않을까 싶어요. 그 '마을'의 가장 중요한 점은 그곳 사람들이 다른 세계를 외면하지 않는다는 거죠. 유토피아가 완성형 공간으로 등장하는 것이 아니라 세상을 유토피아로 바꿔가려는 개인들이 유토피아의 가능성을 가지고 있다고 생각해요. 과정적인 측면에서 유토피아를 이야기하고 싶어요.

로맨스 없는 유토피아라는 점도 좋았어요. (웃음)

로맨스, 성애적 사랑… 없다 해도 우리 잘 살 수 있지 않을까요? (웃음) '마을'에 사랑이 없으니 진정한 유토피아가 아니라고 해석하는 분들도 많았는데요. 물론 그것도 틀린 건 아니죠. 하지만 저는 마을 속 사람들이 다른 세계에 눈을 돌리려면 무엇이 필요할까 생각했을 때 그 과정에서 성애적인 사랑이나 로맨스는 필수가 아니라고 봤어요.

다양한 채널을 통해 독자들을 만나고, 의견을 듣고 있죠. 주로 언제 동시대 여성들과 연결돼 있다는 느낌을 받으요?

나와 비슷한 연령대 독자들의 피드백을 받을 때죠. 아주 따뜻한 격려를 받는 기분이에요. 이런 이야기를 읽고 싶었다고 말해주실 때 너무나 기쁘고, 더 좋은 이야기를 써야겠다고 다짐을 해요. 한편 저보다 긴 경력을 지닌 여성 작가님들의 도움을 받는 경우도 굉장히 많은데요. 그럴 때마다 나도 나중에 누군가를 도울 수 있는 사람이 되고 싶다고 생각하고요.

삶 속에서 되고 싶고,
기꺼이 사랑하게 되는
여성의 모습이 있다면요?

비관적인 상황에서 무작정 낙관하라는 것이 아니라 비관적인 상황에서도 현실을 냉정하게 파악하고 아주 작은 일이라도 할 수 있는 일을 찾아 해나가는 여자들을 좋아해요. 그래서 소설에서도 현실을 파악함과 동시에 어떤 작은 가능성을 찾아내는 인물들을 계속 쓰려고 하는 것 같아요.

김초엽

"

진보와 퇴보
모두 가능한데
그건 결국

지금 우리가 어떻게
행동하느냐에
달려 있지 않을까요.

"

새삼스럽지만 세대를 뛰어넘는 여성들의 연대는 왜 중요할까요? 연대는 어떤 힘을 지니고 있다고 보나요?

<u>혼자가 아니라는 감각만이 여성들을 미래로 나아</u>가게 해요. 저는 어릴 때 페미니즘 책을 나름대로 많이 찾아 읽었던 자칭 페미니스트였지만, 다른 여성들과 연결되어 있지 않았기 때문에 외로웠고 오히려 여자 친구들에게 실망하기까지 했어요. 그러나 유사한 지향점을 가진 여성들을 많이 만난 지금은, 비록 각자의 삶에는 많은 차이가 있다고 해도 그 사이에 존재하는 미약하고 끈질긴 신뢰를 느껴요.

그 가운데에서 개인의 실천을 고민하기도 하나요?

나를 지나치게 검열하게 될 때, 자신감을 잃거나 소극적으로 행동하게 될 때 생각하는 게 있어요. '남자들 하는 만큼만 하자.' 그러면 어디선가 근거 없는 자신감이 샘솟는 듯해요. 한편 다른 여성을 부당하게 비난하는 분위기에서 설령 그 여성의 잘못이 있다고 해도, 나라도 말얹지 말자고 다짐하고요.

하나 더 꼽아볼까요. 적어도 무엇은 하고 싶지 않나요?

싸우는 것을 두려워하지 않으려 해요.

김초엽 작가를 만나고 난 뒤 이런 뉴스들이 눈에 들어오기 시작했다. 2021년 여름, 최초로 흑인 여성 우주비행사가 국제우주정거장 ISS으로 떠난다는 계획이, 아폴로 17호의 달 착륙 이후 58년 만에 도전하는 달 재탐사 프로젝트에 여성 우주인이 포함될 것이라는 단신들이 새삼 눈길에 치이는 거다. 당장 현실이 될 소식에 김초엽 작가가 그려왔던 세계를 다시금 떠올렸다. 늘 그래왔듯 이야기는 과학보다 미래에 먼저 가 있다. 그래서 촘촘하게 잘 짜인 미래 이야기는 현실의 좋은 지침이 되기도 하고, 오늘의 문제들을 경고하기도 하며, 보다 더 큰 변화를 독려하기도 한다.

지난여름에는 독일과 미국에서 활동하는 두 명의 여성 화학자가 2020년 노벨 화학상을 수상했다는 소식을 들었다. 120년 역사상 여성 과학자의 공동 수상은 처음이라고 한다. 수상자 중 한 명인 제니퍼 다우드나 박사는 "앞으로 과학의 길을 걷고자 하는 소녀들에게 긍정의 메시지가 되길 바란다"는 소감을 남겼다. '앞으로'를 염두에 두고 골몰한다는 점에서 과학자와 SF 소설가는 닮아 있다. 이들은 모든 시선과 감각, 재능과 기술을 끌어다 미래를 창조한다. (과학이 늘 옳은 미래를 만들어왔다고 생각하지는 않지만) 과학과 SF 소설이 모두 철저한 미래 시점을 지향하고 있다는 것, 나는 이 사실이 못내 아름답다.

인터뷰 중 김초엽 작가는 "SF가 늘 전복적인 것은 아니지만 작가가 쓰기에 따라 굉장히 진보적이고 전복적일 수 있는 장르"라고 말했다. 그는 진보와 전복이 지닌 힘을 믿는다. 그 믿음 아래 이 땅의 규칙과 질서를 의심하기도 하고, 세계의 가장자리를 세심히 더듬고 민낯들을 유심히 들여다보며 이야기를 만든다. 타고난 낙관이 아니라 의지로 낙관을 실천하며 책상 앞에 다시 앉는다. 오늘, 이 자리의 변화가 더디고 지난할수록 도래할 내일에 대해 쓴다. 싸우는 것을 두려워하지 않겠다고 다짐하면서. 싸우고자 나서는 일은 두렵다. 최소한 번거롭다. 그럼에도 떨치고 싸우고자 하는 사람, 다짐함으로써 용기를 장전하는 사람. 그런 사람이 만드는 세계라면 철저하게 망가진 지구든, 이역만리의 외계행성이든 그 어디라도 나는 기꺼이 따라 나서고 싶다.

2019년 9월호 〈마리끌레르 코리아〉 인터뷰와 한 차례의 추가 인터뷰를 바탕으로 새롭게 작성했습니다.

황소윤

"

말만 앞선 사람은
되고 싶지 않아요.
말은 너무 쉽거든요.

바꿔야 한다고
말하기보다 그냥
내가 바꾸고 싶어요.

그렇게 말은 아끼고
존재 자체가 힘이 되는
사람이고 싶어요.

"

밴드 새소년의 리더이자, 보컬, 기타리스트. 2017년 첫 미니 앨범 〈여름깃〉 발매 직후 한국대중음악상 '올해의 신인' '최우수 록 노래'를 동시 수상하며 데뷔 이래 내내 '지금 가장 뜨거운 뮤지션'으로 불리고 있다. 작사, 작곡뿐만 아니라 앨범 아트 워크를 만들어내며 밴드가 사라지고 있는 시대에 우리가 왜 밴드를 그토록 사랑했는지 새삼 느끼게 하는 예술가. 개인 활동으로는 싱글 앨범 〈HOLIDAY〉, 정규 앨범 〈So!YoON!〉, 싱글 앨범 〈Wings〉를 발표했으며 류이치 사카모토가 황소윤의 팬임을 자처하고, 벨벳 언더그라운드 창립 멤버 존 케일과 함께 무대에 서기도 했다. 2019년 12월 새소년 단독 콘서트 〈2020/NEON〉이 예매 오픈 1초 만에 2000석 매진을 기록했다. 지난 12월에는 새소년의 EP 〈비적응〉이 〈피치포크〉의 '올해의 록앨범 35선'(The 35 Best Rock Albums of 2020)에 선정되었다. '2020년 최고의 음악' 리스트에 한국인 뮤지션으로는 새소년과 예지가 유일하게 이름을 올렸다.

"아니요. 저는 10년 뒤에 음악 안 하고 있을 것 같은데요?" 어느 인터뷰의 마지막 질문 "10년 뒤 어떤 뮤지션이 되어 있을 것 같은가?"에 대한 황소윤의 대답이다. 한 번도 만나지 못한 사람에게 심정적으로 가까이 다가가게 되는 건 지극히 사적이고도 의외적인 순간인데, 황소윤의 그 짧은 대답 하나가 그의 앞으로 성큼 다가가게 만들었다. 모든 질문에 진심을 다해야 할 필요도 강제도 없지만 그는 왜 넘기지 않고, 굳이 아니라고까지 했을까. 그 부정에서 새로운 이야기를 시작해도 좋았겠지만 인터뷰는 거기에서 툭, 하고 끝이 났다. 둔탁한 결말이 내내 홀가분하고 상쾌했다. 아마도 계획과 비전을 묻는 거대한 질문 앞에서 자주 머뭇거려본 사람이라면 같이 느꼈을 해방감이었다.

마주 앉았던 짧은 시간을 재료 삼아 짐작해보면, 인터뷰 속 황소윤의 '아니요'는 확신도, 확언도 할 수 없다는 쪽에 가깝다. 계획과 계산의 시대, 황소윤은 단계를 밟아가며 모두가 납득할 만한 성취를 만들고, 시기에 맞춰 목표점에 도달하겠다는 명징한 자기 비전 같은 건 품을 생각이 없어 보인다. 무엇이 되어야겠고, 거길 가겠다기보다 무엇도 될 수 있고 어디든 갈 수 있다는 가능성이, 그 힘이 내 안에 있다고 확신하는 것. 믿음을 넘어 당연하

다고 생각하는 것. 그 당위가 새소년의 이상하고 아름다
운 세계를 지어 올렸다.

　　스물네 살 황소윤은 동시대 여성들에게 언니로 불
린다. 한 록 페스티벌에서 그가 피크를 입에 문 채 기타를
연주하는 직캠 영상은 지금까지 180만 번 재생되었다.
새소년이라는 이름으로 세상에 내놓은 놀라운 음악과
쏟아진 찬사, 21세기 록스타로서의 존재감, 밴드 앨범과
개인 앨범을 운용하는 방식과 세계관, 얼마나 근사한 아
티스트들이 나서서 그와 작업하길 원하는지 새삼 언급
하기보다, 국내 밴드로서는 드문 여성 프론트퍼슨이자
20대 여성으로 살아가는 황소윤에 대해 이야기 나누고
싶다고 밝히고 그를 만났다.

　　모든 대답에 앞서 황소윤은 선을 그었다. 스스로
를 20대 여성, 여성 프론트퍼슨으로서 인지하지 않음을,
그리고 앞으로도 어떤 식으로든 자신을 분류하고 싶지
않음을 강조했다. "아니요. 저는 존재이고 싶거든요. 의
미부여를 해서 여자가 이런 일을 했다고 크게 말하고 싶
지 않아요. 황소윤이 하는 것들이 여자가 하는 일로 받아
들여졌으면 좋겠어요. 나는 황소윤인 거고 그 앞에 어떤
수식도 붙게 하고 싶지 않아요." '아니요'로 시작하는 황
소윤의 말에 속수무책으로 다시 치였다.

그러니 이 만남은 아주 일방적인 오해로 시작되고 끝나는지도 모른다. 황소윤이 한국 밴드로서는 드물게 여성 프론트퍼슨이라는 것, 20~30대 여성들의 압도적 지지를 받는다는 것, 데뷔 초 그의 성별을 두고 추측이 오갔다는 것, 여성 연대를 연상시키는 가사를 썼다는 것, 중소 정당의 여성 정치인 출마 캠페인에 참여했다는 것 등을 앞세워 의도와 의미를 묻는 게 틀렸다는 걸 깨닫는 데는 오랜 시간이 걸리지 않았다.

황소윤은 존재로서 증명하고 변화를 만들어간다. 여성과 남성, 젊음과 늙음 같은 전형적인 범주에 도전하고 전복하고자 한다. 인터뷰 중 그는 "각자의 출발은 다르지만 그 종착지는 같을지도 모른다"고 답했다. 바람대로 그가 소망하는 세계 끝에서 우리는 머지않아 만나게 될지 모른다. 누군가는 먼저 가 있을 것이고, 또 누군가는 예정보다 조금 늦게 도착할 것이고, 어떤 이는 영영 도착하지 못하게 될지라도 각자의 속도로 나아가는 이 행렬 속에서, 모두가 이 길 끝에 가까이 닿길 바라는 마음으로, 그곳에서 황소윤을 다시 보고 싶다.

유선애 자평으로 시작해볼까요. 황소윤은 어떤 사람인가요?

황소윤 직관적으로 표현하자면 이상한 사람이라고 생각해요. 저는 지금껏 '이상하다'는 표현을 부정적인 의미로 사용해본 적이 없는데요. 저를 이루고 있는 것들이 너무 많다는 생각이 들 때가 있어요. 누군가에게 '나는 이런 사람입니다' 하고 이름표를 붙이려면 자기 안에 뚜렷하고 확실한 무언가가 있어야 하잖아요. 저는 멋있는 사람입니다, 저는 착한 사람입니다, 뭘 좋아하는 사람입니다라고 설명을 해야 할 텐데 저는 그게 쉽지 않더라고요. 내 속엔 내가 너무도 많은 가시나무… (웃음)

아기 가시나무의 어린 시절이 궁금합니다. 어릴 때는 어떤 아이였나요?

흔히 사회가 말하는 톰보이에 가까웠어요. 여성성, 남성성에 대한 개념이 없어서 한 번도 내가 남자애 같다, 여자애 같다라고 생각해본 적이 없어요. 다만 활동적인 걸 좋아하고, 불편한 걸 싫어했을 뿐인데 그런 성향이 남자아이들의 행동으로 규정됐죠. 창의적인 장난꾸러기 골목대장이었어요. 재미있게 놀았어요.

착하고 얌전한 여자아이가 되라는 요구를 받진 않았나 봐요.

없었어요. 다행인 것 같아요. 기억나는 것 중 하나가, 제가 초등학교 들어가기 전까지 골목대장이었는데 두 명의 남자아이를 거느리고 다녔거든요. 그 친구 부모님들은 제가 이 아이들을 괴롭히는 것 같다고 생각한 나머지 저희 엄마에게 와서 소윤이가 그랬다더라 하며 일러바쳤어요. 그런데도 부모님은 제게 어떤 말씀도 하지 않았어요. 괴롭힌 적 없었으니까요.

이미 그때부터 두 명의 남자아이를 거느리는 대장으로 살았네요. (웃음) 초·중·고교를 모두 대안학교를 다녔습니다. 그때의 시간이 황소윤에게 무엇을 남긴 것 같아요?

자연 속에서 자연스럽게 살았어요. 공교육 과정을 부정하려는 것은 아니고요. 어릴 때부터 유학을 가거나 많은 나라를 돌아다니며 산 건 아니지만 자연 속에서 굴러다니며 살아왔던 게 제 안에 코어로 자리 잡아 있는 것 같아요. 사실 10대를 지나온 지 그리 오래되지 않아서 아직은 많이 발견하지는 못했는데요. 벗어나고 싶어 하는 욕망, 자유롭고 싶다는 바람, 반작용 기질 같은 것들이 지금의 제 창의력, 살아가는 방식과 태도, 생각 등 많은 것들에 영향을 준 것 같아요.

당시 가장 큰 화두는 뭐였어요?

인생을 흔드는 큰 화두가 있었다기보다는 생각이 정말 많았어요. 나를 둘러싼 것들에 대해 한 번씩 생각해 봤으니 적어도 의견이라는 게 있죠. 갑자기 '자, 우리 크리스마스트리'에 대해 이야기해볼까? 하면 거기에 대해 생각했던 걸 이야기할 수 있는. 나와 나를 둘러싼 세계에서 일어난 모든 일이 관심사였고 사유거리였죠. 그래서 어렸을 때부터 나는 꿈이 없다고 말했거든요. 너무나 당당하게. 왜 열아홉 살이 되고 졸업할 때쯤 되면 다들 뭐 할 거냐고, 꿈이 뭐냐고 물어보잖아요. 저는 꿈이 없다고 말할 수 있기 위해서 학창시절을 보낸 것 같아요. 뭐든 다 재미있게 할 수 있는데 갑자기 한 가지를 결정해서 목표를 세우고 하나씩 이뤄나간다는 건 너무 재미없는 삶이라고 생각했어요. 세상이 너무 야박한 것 같아요. 저는 지금도 스스로를 되게 고리타분하다고 생각하거든요. 더 자유로워지길 원하고 더 많은 걸 하고 싶죠.

자유로운 삶을 위해 스스로 선택해야 할 상황도 많았죠. 선택에 있어 가장 중요하게 생각한 것은 무엇이었어요?

내 감각과 논리의 중용을 찾는 것이요. 보통 두 개념이 같은 결론을 이야기할 때가 많았는데 그건 선택의 순간, 그 자체에 집중했기 때문인 것 같아요. 느끼는 바와 생각하는 바의 합의점을 찾는 방식으로 선택을 하면 이후에도 뭐든 후회가 안 남는 것 같아요. 어릴 때부터 또래 친구들보다는 선택해야 하는 상황이 많았어요. 대체로 중, 고등학교 정규 교육을 거친 다음에는 대학에 입학하는 걸 당연하게 생각하잖아요. 전 중학교와 고등학교에 입학하는 것부터 선택해야 했어요. 거기서 무엇을 할 것인가에 대해서도 결정해야 했고요. 5부터 시작하는 게 아니라 0부터 선택해야 하는 일이 많았기 때문에 어렸을 때부터 선택은 인생의 필수 조건, 당연한 것이었어요. 그 과정에서 무엇을 선택하느냐에 초점을 맞추기보다 어떻게 선택했고, 그 선택 이후에 어떤 일이 일어날 것인가에 더 집중했죠. 선택은 필연적인 것이고 매 순간 선택해야 하는데 그 하나하나의 일들에 기준을 적용하고 의미를 붙인다면 그건 너무 피곤한 일인 것 같아요.

한국에서 나고 자란 청소년이 다양한 선택지를 가지고 주도적으로 인생을 설계하기란 쉽지 않죠. 누군가는 부러워했을 어린 시절인데요.

생각하기 나름인 것 같아요. 어릴 때는 누군가가 선택해주는 것을 따르는 게 더 현명한 길일 수도 있죠. 하지만 스스로 선택함으로써 본인에게 집중할 수 있는 힘을 얻는 것 같아요. 선택이라는 건 타의가 움직일 수 없는 거라고 생각하거든요. 움직일 수 없다는 말이 영향을 줄 수 없단 말은 아니에요. 나를 제외한 모든 만물이 내 선택에 영향을 주지만, 그 영향을 받아 선택하는 주체는 결국 '나'라는 거죠. 그런 경험들을 통해 자기중심적인 사고를 많이 하게 된 것 같아요. 그게 좋은 에너지로 작용할 때가 있고, 과해질 때도 있는데 적어도 자신으로 사는 방법을 자연스럽게 터득했다는 점에서는 도움이 됐죠.

제도권이 아닌 다른 길을 선택하면서 "세상을 넓게 혹은 불편하게 바라보는 힘을 기른 것 같다"고 답한 적 있죠. 세상을 불편하게 바라보는 힘에 대해 구체적으로 이야기해줄 수 있나요.

저는 비관과 낙관이 공존한다고 생각해요. 세상을 비관적인 시선으로 볼 줄도 알아야 하겠지만, 결국엔 낙관과 긍정, 희망이 우리를 살게 하니까요. 이 대비되는 개념이 공존할 수밖에 없다는 게 우리 삶의 굴레죠. 세상이 본래 아름답고 착한 것일까라는 의문은 여전하죠. 그러기엔 저는 너무 많은 것들을 생각하며 살아야 하니까요. 어느 순간 세상에 대해 생각하다 보면 모든 것이 불편해질 수밖에 없다는 걸 확신했어요. 무언가를 많이 생각하는 사람일수록 모든 게 아름다운 것이 아니라 더러워보이고 나아가 그것들을 어떻게 바꿀 수 있을지 고민하고 있지 않을까라는 생각이 드는 거예요. 이제 더 많은 사람들이 불편해졌으면 좋겠어요. 이건 결코 페미니즘만을 이야기하는 건 아니에요. 여담이지만 페미니즘을 접한 지 얼마 되지 않았어요. 페미니즘 리부트가 가시화될 시점이었는데 당시 저는 스스로 생각할 때 페미니스트로 규정할 수 없었어요. 왜냐하면 제가 당연히 삶에서 해오던 일들이었거든요. 삶에서 불편하고 싫었던 것들, 비논리적이고 불합리적이라고 여겼던 것들, 그러니 따르지 않는 것이 당연하다고 판단한 일들. 다만 그것들에 이름을 붙일 수 없었는데 그게 페미니즘이었던 거죠. 그 과정에서 몰랐던 것들이 무수히 많을 거 아니에요? 어쩔 수 없어요. (알고자 하지 않으면) 페미니즘을 모르는 사람은 영원히 모를 수밖에 없고, 아는 사람은 (알고자 하지 않아도) 알게 될 수밖에 없어요. 그 과정에서 불편한 것들은 더 많이 생겨났고요. 이건 비단 제가 20대 여성이기 때문이 아니라 학교에서 세상의 무수한 사람들의 이야기들을 듣고 공부하고, 타인의 입장을 공감하려는 시도를 한 번이라도 해봤기 때문인 것 같아요. 학교를 벗어나서도 그런 시각을 유지하려고 마음먹게 되고요. 하지만 모든 일엔 장단이 있듯이 대안 교육만이 최고고 나는 잘났고… 이건 말이 안 된다고 생각해요. 대안 교육도 결국 교육이거든요. 나쁜 점이 없을 수는 없어요. 교육에는 주입이 개입될 수밖에 없기 때문에.

알아가는 과정에서 페미니즘에 대해 정리한 생각이 있나요?

세상에 불편함을 만드는 일 같아요. 좋은 의미에서. 평화는 잠잠한 게 아니며 평화를 위해 그만큼 싸워야 하는 일도 많잖아요. 한 공간에 두 명만 있어도 싸우는데 70억 인류가 함께 평화로우려면 얼마나 많은 것들이 필요하겠어요. 불편을 인식하고 그것을 해결하기 위해 노력하는 일만큼 중요한 건 없다고 생각해요. 그렇지만 이것만이 세상을 바꾼다고 단언하지는 못하겠어요. 여성운동만 놓고 그 잣대를 두기에는 세상에 거는 기대가 더 큰가 봐요. 페미니즘은 이 시대의 중요한 인권 운동임은 분명하지만 이 시대를 살면서 우리가 풀어야 할 더 많은 숙제가 있다는 사실도 잊지 않으려 해요. 우리는 결국 열 개의 숙제를 모두 해야 하고, 이게 끝나면 또 다른 두 번째 숙제가 우리를 기다리고 있다고 말하고 싶어요.

이후에 스스로를 프론트맨이 아닌 프론트퍼슨이라고 명명한 것은 페미니즘의 영향을 받아서였나요?

아니요. 원래 안 좋아했어요. 여왕, 여제 같은 말들. 군이 왜 여자에게만 성별을 붙이는지 의문이었고 그렇다고 프론트걸이라고 하기엔 너무 으으으. (웃음) 새소년이라는 이름 자체도 어떤 사람이 보면 'male'인 셈인데 그건 오히려 제 안에 성별 구분이 없었기 때문에 붙일 수 있었던 이름이거든요. 제가 사회적으로 규정되는 특정한 여성성을 강하게 추구하는 편이 아니고요. 궁극적으로는 성중립적인 태도를 취하는 것이 목표다 보니 자연스럽게 이뤄진 일이에요.

대중적으로 널리 알려진 국내 여성 프론트퍼슨 밴드로 자우림이 있죠. 자우림 데뷔가 1997년이니까 소윤 씨랑 동갑이란 말이에요. 이렇게 없을 일인가 싶고요. 대한민국 음악신에서 젊은 여성 프론트퍼슨으로 사는 일, 희박한 존재로 사는 일 어떤가요?

음, 제가 공부가 덜 돼서 그럴 수도 있는데요. 저는 여성 뮤지션으로 태어난 것에 감사했어요. 여성으로 태어난 것에도요. 왜냐하면 내가 부술 수 있는 게 너무 많은 거예요. '내가 깨부술 게 많구나. 이건 정말 재미있는 일인 걸?' 이 신에 여자 대장이 없잖아요. 너무 쉬워요. 그냥 '남성 OOO'로 사는 건요. 그건 저한테 재미가 없는 거예요. 물론 여성으로 태어나 겪어야 하는 불편과 수모가 너무나 많죠. 지금 이 시간에도 우리나라뿐만 아니라 전 세계에서 어마무시한 혐오 범죄들이 일어나고 있잖아요. 하지만 한국에 사는 황소윤이라는 사람만 생각했을 때는 내가 사람들에게 영향을 줄 수 있는 일들이 많다고 봐요. 제할 일이 많은 것 같아서 기분 좋아요.

그 답은 대한민국에서 20대 여성으로 사는 일과도 이어질 것 같은데요.
그렇죠. 불편한 거 너무 많죠. 하지만 이렇게 대답하고 싶어요. 우리는 이 세상을 제패할 힘을 가진 사람들이라고.

여성 뮤지션으로서 자신의 위치에 대해 "판에 박힌 여성 뮤지션의 이미지를 깨고 싶다는 생각은 예전부터 했다. '이렇게 멋진 여성 뮤지션도 있다' '더 멋지고 알 수 없는 여성 뮤지션이 앞으로 더 많아질 거다' 이런 걸 몸소 보여주는 것이 내 할 일이라고 생각한다"라는 말을 한 적 있어요.
그 전에 제가 성별에 대해 의식해본 적이 없다는

걸 다시 강조하고 싶어요. 기타를 처음 잡기 시작했을 때부터 무대에 오르는 지금까지도 그래요. 항상. 내가 무엇이다라는 규정을 내리지 않았기 때문에 무대 위에서 행복할 수 있는 거거든요. 스물네 살의 여성 뮤지션, 기타리스트, 프론트퍼슨이라는 생각을 하면서 무대에 올랐다면 그렇게 행동 못 했을 거예요. 저는 단지 나라는 사람에 집중하거든요. 내가 여자든 남자든, 오십 살이든 스무 살이든, 프론트건 아니건 그게 다 무슨 상관이냐는 마음으로 무대에 올라요. 항상. 그건 되게 중요하다고 생각해요. 물론 다른 태도를 취하는 사람도 있어요. 여성임을, 아시아인임을 강조하고 통합을 만들어내는 방식도 있죠. 하지만 그러기에는 제가 조금 힘든 거예요. 아직 내 안에서 여성성이란 무엇인가라는 규정이 끝나지 않았기 때문 같아요. 예전 꼬맹이 시절 홍대 클럽에서 공연을 할 때 여성 뮤지션 특집만 기획하는 곳이 있었어요. 포스터는 다 핑크색이고. 딱 한 번 그 무대에 오른 적이 있어요. 근데 기분이 이상한 거예요. 이전까지 단 한 번도 '나는 누구이고, 무엇이다' 식의 분류를 해보지 않았기 때문에 이질감이 크게 느껴지더라고요. 별로라고 생각했고요. 그 뒤로는 그런 공연을 안 했어요. 물론 지금은 여성들이 뭉치는 이유가 달라졌다는 걸 알아요. 여성들이 모여 우리에게도 힘이 있다는 걸 보여주고 그 힘을 나누는, 연대의 의미를 담는 기획들이 더 많다는 것을요. 궁극적인 이야기를 해보면 저는 저 자체로 여성인 거거든요. 물론 저는 여성 팬들이 많고, 그중에서도 다양한 삶을 사는 사람들이 많은데 제가 하고 싶은 건 비단 여성으로서의 것만은 아니에요. 제 존재가 여성이고, 황소윤이 보여주는 것들이 곧 여성이 하는 일인 거예요.

반면 황소윤으로서 한 일련의 발언이나 행동들이 여성들에게 힘을 실어준 사례가 많은데요. 자신이 해온 많은 것들에 대해 성량 좋게 이야기하고 싶은 마음은 없어요?

아니요. 저는 존재이고 싶거든요. 의미부여를 해서 여자가 이런 일을 했다라고 크게 말하고 싶지는 않아요. 황소윤이 하는 것들이 여자가 하는 일로 받아들여졌으면 좋겠어요. 나는 황소윤인 거고 그 앞에 어떤 수식도 붙게 하고 싶지 않아요. 그리고 그건 제 음악을 들어보면 알 수 있어요. 저는 누군가를 대변하는 가사는 쓰지 않아요. 내가 느끼고 살아가는 바에 대해 가사를 써요. 다만 저의 말이 곧 여성의 말이 되기 때문에 그 자체로 자연스럽게 영향을 미칠 수 있겠죠. 저 역시 보탬이 되고 싶고요. 하지만 내가 단지 여성이라고 해서 여성에게만 힘을 주는 건 큰 태도는 아니라고 생각해요.

하지만 종종 이 신에 여자가 없다는 이유로 어떤 역할을 기대받기도 하죠?

다른 분들과 비교했을 때 직업상 저는 현장에서 기괴한 상황을 자주 겪는 건 아니에요. 하지만 오히려 역으로, 애매하게 페미니즘을 논하기 때문에 그것이 썩 좋은 결과를 못 낳을 때가 있어요. 가령 어떤 인터뷰들에서는 여성으로서 갖는 부담감만 물어볼 때가 있어요. 여성 뮤지션으로 음악을 만드는 데 어려움이 있나요? 여성 리더로서 겪는 수모가 있나요? 같은. 물론 이 질문들이 어느 부분에서는 생산적일 수 있다고 생각해요. 하지만 아까 말했듯이 내가 여성 뮤지션이라는 게 뭐가 중요하지? 물론 내가 디딘 위치성만 보면 새로운 존재이니 궁금할 수도 있겠지만 결국 나도 남들처럼 똑같이 노래하고 보여주는 사람일 뿐이라고 답하고 싶을 때가 있어요.

저 역시 조심스러운 게 유독 여성에 관한 질문은 여성에게만 주어질 때가 있어요. 물론 우리끼리라도 서로 열심히 묻고 답해야 한다고 생각하지만 궁극적으로 그 질문에 답해야 할 사람은 이 책에 등장하는 사람도, 이 책을 읽게 될 사

람도 아니라는 생각이 들어요.

그 경계가 아슬아슬할 때가 있어요. 결국 우리가 도달해야 할 것이 무엇이고, 해야 할 일이 무엇인지 아는 게 중요하다고 봐요. 저는 사람들이 들어주기에 존재하고, 사랑해주기에 계속할 수 있는 건데 사람들이 저의 본질을 잊을 때가 있어요. 멋있는 뮤지션으로서 표현하는 것은 황소윤으로서 표현하는 것이고, 인간 황소윤을 좋아해준다면 여성인 것뿐만 아니라 다양한 모습도 인정해줘야 한다고 생각해요. 그냥 멋있는 여성이라는 이유만으로 소비되는 건 위험하고, 저 역시 바라는 일은 아니에요.

준비된 질문은 '성평등을 위해 일상에서 하고 있는 일이 있다면'인데요. 앞서 대화를 되돌아보니 틀린 질문처럼 느껴져요. 오늘 만난 황소윤은 무엇을 위해 의식하며 행동하기보다 그저 해온 것들이 결과적으로 무엇을 위한 일이 되게 한 사람 같으니까요.

아, 그게 느껴지세요? (웃음) 그래도 이름을 붙일 순 있겠죠. 다른 사람들의 이야기에 귀 기울이는 일은 꾸준히 해야 한다고 생각해요. 듣는 귀가 달려 있어야 진정 제대로 된 삶을 사는 것이라고 생각해요. 배움이라는 건 뭔가를 보고 듣고 경험하면서 얻게 되는 거잖아요. 그런 느낌이에요. 아무리 환경운동에 관심이 있어도 새롭게 배우지 않으면 수년째 텀블러만 사용하는 것에서 그치고 마는 것 같은. 물론 그 또한 실천이지만 고여 있지 않기 위해 자기 세계를 확장하고, 세상과 좀 더 호흡하려는 노력은 꾸준해야 한다고요. 실천한다고 거창하게 말하기보다 중요한 건, 세상에 만연한 고집과 아집, 불필요한 것들을 발견해내고, 그것들을 싫어하며 안 해도 될 수 있게 쌓아나가는 일인 거 같아요. 그게 제가 해야 할 일 같아요.

개인 앨범과 관련해 "특정한 음악만 하는 게 아니라 어디든 갈 수 있고, 중구난방인 것들을 이렇게 펼쳐 놓을 수 있고, 뭐든 할 수 있는 소윤으로 굳어지고 싶었다"라고 한 적 있습니다. 그 대답은 음악을 넘어 인간 황소윤에게도 적용할 수 있을 것 같아요.

어렸을 땐 갑자기 만화가가 되고 싶다는 마음이 생기면 만화가가 되면 된다고 생각해왔어요. 오만한 생각이라고 볼 수 있지만 누구에게 피해를 주는 건 아니니까요. 어렸을 때부터 믿었던 건 '내가 하고 싶은 건 뭐든 될 수 있다'는 거예요. 예술가가 되고 싶다? 혹은 예술가가 되기 위해 무엇을 해야 할 것인가?라는 게 없었어요. '나는 예술가다'라고 명명하는 순간 되는 거죠. 예술을 하고 있고,

내가 표현하고 싶은 것을 표현하고 있으니 그럼 되는 거예요. 물론 이제 막 칼질을 시작했는데 '나는 요리사야'라고 주장하는, 그런 맥락과는 다르고요. (웃음) 무엇을 하고 싶다가 중요한 거지 그 이후부터는 그냥 하면 된다는 게 컸어요. 감사하게도 조금이라도 자질이 있었기 때문에 많은 분들이 좋아해주시는 거겠지만요.

내가 틀리지 않았다는 확신은 주로 어디에서 얻었나요?

후회가 없을 때일 텐데요.

황소윤이… 후회를 하나요? (웃음)

아니요. (웃음) 물론 사사로운 후회는 하죠. 아이스 아메리카노를 주문하고는 라테 시킬걸 같은 후회. 하지만 어떤 계획을 행하면서 중대한 결정을 내렸을 때는 후회하지 않아요. 그 순간 최선을 다해 고민하고 선택했으면 잘한 결정이라고 봐요. 내가 틀리지 않았다고 확신하도록 더 열심히 사는 것도 있죠. 내 선택을 증명하기 위해 노력해야 하는 상황도 많고요. 그렇게 후회를 남기지 않으려고 해요. 효도 같은 건 빼고요. 근데 이런 건 늘 후회하지 않을까요. 부모님 감사합니다. (웃음)

삶 속에서 되고 싶고,
기꺼이 사랑하게 되는
여성의 모습이 있다면요?

예술가가 아니더라도 새로운 패러다임을 제시하는 삶을 사는 이에게서 안정감을 얻는 것 같아요. 여성이어서 깨부술 게 많다는 대답과 이어지는데요. 어떤 직군은 여성의 역사가 전무하다고 할 만큼 우리가 될 수 있는 것, 될 수 없는 것에 대한 불균형이 심하잖아요. 아무도 없는 자리에 홀로 서서 '내가 하겠다'고 말하는 이에게 동질감을 느끼고 힘을 얻을 때가 있어요. 그 자리에 있다는 것만으로도, 존재 자체가 패러다임이 되는 사람이 있잖아요. 근래에는 강경화 장관 같은. 존재가 거기에 있고 그 사람이 하려고 했던 것이 무엇인지 발견하는 순간, 그 순간이 가장 멋있는 것 같아요. 메시지를 전달하는 사람보다는 거기에 있음을 보여주는 사람이 멋있죠. 말만 앞선 사람은 되고 싶지 않아요. 말은 너무 쉽거든요. 바꿔야 한다고 말하기보다 그냥 내가 바꾸고 싶어요. 그렇게 말은 아끼고 존재 자체가 힘이 되는 사람이고 싶어요.

황소윤

"

우리는 결국
열 개의 숙제를
모두 해야 하고
이게 끝나면
또 다른
두 번째 숙제가
우리를
기다리고 있다고
말하고 싶어요.

"

언제 자신이 가장 아름답다고 느끼나요?

되려고 하지 않을 때. 전 지금도 아름다운 것 같거든요. 제 생각을 이야기하거나 무언가에 몰두해 있을 때 아름답다고 느껴요. 무대 위에 서 있을 때도 가장 아름답죠. 뮤지션뿐만 아니라 내 안의 내가 너무 많은데 (웃음) 무언가에 몰두해 있는 순간에는 아무것도 의식하지 않잖아요. 그런 순간을 더 많이 만들려고 노력하고 있어요. 나이가 들어갈수록, 보여지는 직업을 가질수록 남을 의식하게 될 때가 많고, 그건 필요보다 불필요할 때가 더 많으니까요.

정리할까요. 영영 선택하지 않을 일이 있다면요?

비겁하지 않겠습니다. 이건 좀 아닌 거 같고요. (웃음) 사람이 비겁해질 때가 왜 없겠어요. 적어도 사람의 목숨과 무엇을 맞바꾸는 일은, 그런 결정은 없어야 하지 않을까요. 그거 말고는 아무것도 약속할 수 없어요.

크리스마스를 한 주 앞둔 금요일 저녁, 우리는 상수동의 엄청나게 시끄러운 카페에서 만났다. 모든 자리가 채워져 있었고 찻잔과 접시, 커트러리의 마찰음, 사람들의 말과 웃음, 이 모든 소음을 덮겠다는 듯 쩌렁쩌렁 울리던 음악과 들뜬 분위기 속에서, 그러니까 '이런 대화'를 나눈 거다.

인터뷰 초반 황소윤의 눈빛이 조금만 흔들렸어도 자리를 옮기자고 말했을 텐데 그는 내내 불편한 기색이 없었다. 방음 잘된 녹음실 한가운데 앉아 있는 듯 자신에게서 뻗어나오는 생각과 대답에만 집중했다. 잘 골라낸 단어와 조사, 어미 하나 놓치지 않으려 그의 말을 부지런히 쫓다 보니 어느 순간 나 역시 그가 만든 적막에 자리를 튼 듯 소음은 잦아들고 풍경은 흐릿해졌다. 돌아보면 그가 인터뷰 끝에 언급했던 몰입의 작은 순간에 잠시 발을 들여놓은 것 같기도 하다. 나는 어떤 사람인가, 어떤 태도로 사고하고 삶을 운용하는가, 어떤 존재로 보이고 기억될 것인가, 어떤 순간에 연결되고 또 어떤 순간에 단독자가 되는가 같은 질문을 자신에게 자주 던져본 자만이 가질 수 있는 '주저 없음'이 황소윤에게 있었다.

코로나19가 등장하기 직전의 12월, 이제는 전생같이 아득히 느껴지는 지난겨울을 생각한다. 지나고 나면 묻지 못한 것들로 오랫동안 괴롭다. 다시 묻고 싶다. 자신을 실망시킨 날들도 있느냐고, 당신에게도 이 모든 게 부질없고 누추하게만 느껴지는 날이 있느냐고, 울며 잠드는 날이 있느냐고. 아마 황소윤이라면 이 질문에도 좌절과 낙담을 툭툭 털어낸 자의 분명함으로 답할 것 같다. "그런 날이 왜 없겠어요. 하지만"이라고 시작될 것만 같은 대답을.

1990 ——————————— PD · MC

재재

"

20년, 30년이 지나도
'남자야? 여자야?' 같은
댓글은 계속 달리겠죠.
근데 이에 대해

'어느 시대인데
이런 말씀을 하고 있느냐'
라는 대댓글이 더 많이
달릴 날도 오지 않을까요?

"

이름 이은재. 스브스뉴스 PD이자 유튜브 채널 〈문명특급〉 콘텐츠 기획자, 크리에이터, MC로 활동하고 있다. 이화여자대학교 사학과를 졸업하고 2015년 SBS 보도본부 뉴미디어국 인턴 사원으로 입사했다. 2018년 정직원 전환 이후 '글로벌 신문물 전파 프로젝트'라는 주제로 단독 코너 〈문명특급〉을 만들었다. 이후 비의 〈깡〉, 나르샤의 〈삐리빠빠〉, 티아라의 〈Sexy Love〉 등 2000년대 묵은 가요들을 캐내 그 매력을 다시 짚어보는 '숨듣명(숨어 듣는 명곡)'이 폭발적인 인기를 얻으며 단독 채널로 독립했다. 이제 〈문명특급〉은 한 콘텐츠당 유튜브 평균 조회수 100만을 기록하는 '갓튜브' 채널로서, 급기야 2020년 추석에는 특집프로그램으로 편성, 지상파에까지 존재를 알렸다.

SBS의 뉴미디어 채널 스브스뉴스의 한 코너였다가 인기를 얻으며 2019년 7월 개별 채널로 독립한 〈문명특급〉은 성량 좋고 기운찬 재재의 흥에 크게 기대고 있다. 공중파 TV 예능에서라면 돋보이기 어려웠을 90년생 여자 MC가 남다른 기세와 텐션, 친화력으로 매 에피소드를 장악한다. 웃기고 기이할수록 '구독' '좋아요'가 되는 플랫폼에서 그가 진행하는 〈문명특급〉은 웃기기 위해 약자를 망신 주거나 찍어 누르지도, 외모를 비하하거나 희화화하지도 않는다. 그건 그가 대형 기획사의 아이돌을 만날 때도, 슬라임을 사랑하는 초등학생들과 인터뷰를 할 때도 마찬가지다. 실컷 웃고 났는데 뒷맛이 쓰지 않다. 불편하거나 혼란스러울 겨를 없이 그저 산뜻하게 웃긴다. 이렇게 하지 말아야 할 것들이 많은데 어떻게 웃기냐는 투정이 〈문명특급〉에서만은 통하지 않는다.

　〈동물의 왕국〉과 다를 것 없는 양육강식의 장인 TV 예능을 지켜보며 자주 불편하고, 괴로웠던 20~30대 여성들은 재재라는 새로운 존재가 반갑고 놀라워 그를 알게 되고 이내 좋아하게 된다. 그리고 이내 고군분투하는 동년배 직장인인 재재에게 자신을 이입하며 그를 향한 호감은 보다 구체적이고 고유해진다. 에피소드마다 '재재님 월급 좀 올려주세요' '재재님 인센 좀 챙겨주세요'

라는 댓글이 한 마음, 한 뜻으로 꾸준히 올라오는 이유다.

〈문명특급〉의 성공에는 '숨듣명(숨어 듣는 명곡)'이라는 불세출의 킬링 콘텐츠를 탄생시킨 기획력과 실행력, 무해한 예능에 대한 여성들의 시대적 요구가 잘 맞아떨어지기도 했지만 재재 개인의 생존 서사도 크게 작용한다. 2015년 SBS 보도본부 뉴미디어국 비정규직 인턴 사원으로 입사한 재재는 한때 일주일에 카드뉴스를 여섯 개씩 만들며 뉴미디어의 다사다난한 부침을 견뎠다. 이후 〈문명특급〉이 자리를 잡고 개별 채널로 독립시키는 데 일조하고, 유튜브 구독자 100만 명(2020년 12월 기준)을 이끌어 내며 입지를 굳건히 했다. 더 이상 성실이 미덕 아닌 세상에서 이 '존버'의 성공담은 또래 여성들에게 적잖은 용기와 위로를 주었다.

이 공감의 연대는 1990년대생들이 본격적으로 취업 시장에 뛰어든 시기와 뉴미디어가 급부상한 시점이 맞아떨어지며 이뤄졌다. 당시 산업의 모든 영역에 마케팅의 도구로 뉴미디어를 활용해야 한다는 압박이, 그 중요성이 대두되었다. 자꾸 새로운 시대가 온다고들 하니까 뭐라도 해야겠는데 무엇을 어떻게 해야 할지 모르는 조직들은 망망대해 한가운데 젊은 인력을 떨어뜨렸다. 성과가 불투명한, 한치 앞도 예측할 수 없는 실험장에 놓인 건 대부분 1980년대 후반, 1990년대 초반에 태어난 계약직 사원들이었다. 누구도 가르쳐주지 않고, 누구도 해보지 않았을 때는 할 수 있는 것을 그저 다 해보는 방법밖엔 없다. 재재는 그렇게 살아남았고, 심지어 궤적을 만들었다. 레퍼런스도 롤모델도 없던 미지의 세계에 자취라는 것이 처음 생겼다. 이제 2000년생들은 재재가 뚫고 간 길을 참고한다.

그와의 인터뷰는 재재의 존재가 대중에게 점차 알려지던 즈음 이뤄졌다. 재재는 커리어에 대한 야심과 책임감을 드러내다가도 '이러다 망하면 큰 망신인데'라고 서둘러 겸양하며 한치 앞도 모르겠다는 말을 했다. 하지만 그의 우려와 달리 그사이 〈문명특급〉은 100회를 맞았다. 인터뷰 당시 7천만 뷰였던 플랫폼 합산 누적 조회수는 1억 뷰로 올라섰다. 그리고 2020년 5월, 제53회 휴스턴 국제 필름 페스티벌의 '뉴미디어 웹시리즈 부문'에서 국내 최초로 동상을 수상했다. 〈문명특급〉 구독자들의 덕력과 자본력을 일찍 알아챈 연예기획사, 영화제작사들은 홍보 채널로 〈문명특급〉을 선택한다. 이제 보아, 전도연과 정우성, 박나래와 장도연이 재재를 찾는다. 상승세에 힘입어 그는 MBC, KBS2, JTBC, tvN 등 타 방송 프로그램에 출연했고, 방송이 나간 후 어김없이 실검에 이

름을 올렸다. 재재는 늘 그러했듯 성실하고 치밀하게 수
면 위로 올라오는 중이다. "일단 뭐 지르는 거죠. 뻔뻔한
게 중요한 것 같아요. 뻔뻔하게 살아남아야 해요."

'뉴미디어계의 유재석, 여자 유재석'으로 불리죠.

부담스럽기도 하고… 근데 또 뭐 안 될 것도 없죠. (웃음) 언제 이런 기회가 온다고. 이렇게 사진도 찍고.

부담스러워하지 말고 지금의 인기와 명예를 누렸으면 좋겠습니다. 그럴 자격 충분하잖아요.

명심할게요. (웃음)

스브스뉴스의 한 코너로 시작한 〈문명특급〉이 인기를 얻으며 개별 채널로 독립했어요. 자화자찬으로 시작해볼까요.

자화자찬… 뉴미디어부에서 시작해 자회사로 나올 만큼 성장했고, 초창기부터 함께해온 멤버로서 감회가 새롭죠. 언제 또 이렇게 세월이 지났나. 언제 이렇게 컸나 싶고. 그렇긴 한데 그에 비례해 책임감과 압박도 늘어서 자화자찬만 하고 있기에는 시작이라는 느낌이 더 강해요. '뭐 이제 이 정도는 계속할 수 있겠다' 하기보다 더 열심히 해야겠다는 생각뿐이죠.

입사한 지 3년 만에 이룬 성취 아닌가요?

2015년 7월 인턴으로 SBS에 입사했으니 햇수로 치면 4년인데, 그사이 이것저것 참 많은 걸 해봤어요. 카드뉴스 만들다가 동영상 편집 프로그램 배우고, 동료인 윰이라는 친구와 함께 개인 채널도 운영하면서 '아, 이렇게 영상이 만들어지는구나' 깨치며 영상을 익혔죠. 그사이 회사에서는 〈문명특급〉을 통해 전문적으로 영상을 제작하게 됐고요. 이 모든 과정이 제게는 드라마 같아요. 예상치 못한 경로이기 때문에.

뉴미디어라는 예상치 못한 경로 위에서 여성들의 압도적인 지지를 받고 있죠. 그 이유에 대해서 생각해본 적 있어요?

그동안 등장한 여성 캐릭터와 다르기 때문인 것 같기도 하고 또 같은 또래, 밀레니얼 세대인 우리 '칭구칭긔'들이 본인의 모습을 대입하는 게 아닐까요. '동년배인 우리 친구가 나와서 고군분투하고 있구나' 하며 약간의 연민과 응원하는 감정이 복잡다단하게 섞여 있지 않을까 싶어요.

그렇게 겸손하기에는 대학 때 단과대 대표를 하기도 하고 이미 또래 여성들에게 인기가 많았던 것 같은데요.

제가 명예욕이 있어요. 초등학교 때부터 회장, 부회장을 쭉 했거든요. 나대기 좋아하는 거죠. 한마디로 관종. 야망이 있습니다.

재재의 남다른 기세도 큰 인기 요인 중 하나죠. 평소에는 어때요?

자라면서 성격도 점점 변한 것 같아요. 평소에도 활동적이고 외향적이긴 하지만 연출된 모습 정도까지는 아니고요. 확실히 촬영을 하고 나면 진이 빠지거든요. 촬영을 위해서 이동 시간이나 대기 시간에는 최대한 말을 아끼는 편이고요. 카메라가 켜지면 에너지를 쏟아붓는 것 같아요. 카메라 꺼지면 사람 달라진다는 이야기가 이런 거구나 싶은. (웃음)

누군가를 비하하거나 소외시키지 않고 무해한 웃음을 준다는 것 역시 구독자들이 〈문명특급〉을 지지하는 중요한 이유이기도 한데요. 이에 대해 어떻게 생각하나요?

'유해한 웃음 NO!' 이런 태도를 의식하고 촬영을 하는 건 아니에요. 우리도 완벽하지 않으니 경계는 하죠. 일단 다 해놓고 편집하며 '이거 괜찮을까?' 논의해왔어요. 그 과정에서 이 정도까지는 괜찮을 것 같다고 저희끼리 합의됐던 내용이 비판받을 때도 있었고요. 그런 피드백과 상호 작용을 거치면서 우리도 계속 배우고 점점 바뀌는 것 같거든요. 그러다 지금 같은 말씀을 해주시면 '아, 그래도 우리가 틀린 방향으로 가고 있지는 않구나' 하고 확인을 받는 거고요. 또 언제 어떤 실수를 할지 모르죠. 다만 희망적인 건 그래도 우리는 의견을 수렴하고 반영한다는 거, 변화한다는 거예요. 처음부터 완벽하지는 않아도 변화의 의지가 강하다는 게 우리의 장점인 것 같아요.

〈문명특급〉의 주요 제작진 역시 20대 여성이죠. 또래의 여성 동료들과 협업하며 주고받는 긍정적인 에너지가 콘텐츠에서도 고스란히 느껴져요.

적어도 팀 내에서 우리끼리는 불합리하다고 생각하는 조직 문화에 대한 저항감이 있어요. 합리적이라는 것이 〈문명특급〉의 가장 큰 장점이에요. 이런 이유로 동료들과 똘똘 뭉치게 되는 건 있죠. 다행이고 행운이라고 생각해요. 저희는 각 잡고 회의하는 대신 거리낌 없이 수다 떨듯 이야기를 나눠요. 그때의 대화들이 콘텐츠화되는 거죠. 무엇보다 이 집단에 들어와서 또래 혹은 더 어린 친구들의 현명한 지혜 같은 걸 많이 배웠어요. 이 친구들이 사회 문제에 밝고 예민해서 생각지도 못한 것들을 얻고, 계몽당한 것도 많아요.

나이와 연차를 떠나 회의 때 서로 직언하는 편인가요?

눈치 보면서 말하다가도 누가 '최악!' '마이너스

380점!' 해버려요. '이런 거 하면 어떨까?' 하면 연출이든 조연출이든 이 친구들이 통찰과 식견이 있는 사람들이라 '그건 이런 면에서 좀 별로 아닐까?' 하고. 그러면 또 '아, 그런가?' 하며 자연스럽게 주고받아요.

회식도 안 한다면서요.

회식 안 하죠.

좋네요. 너무.

네. 안 해요. 괜히 돈만 들지. 점심에 갑자기 팀장님이 밥을 사줄 때나 정말 가끔.

인턴으로 시작해 비정규직 프리랜서 에디터를 거쳐 정직원이 되기까지 재재 개인의 커리어를 돌아봤을 때 중요했던 순간은 언제였던 것 같아요?

오리지널 시리즈를 하기 전까지 카드뉴스를 비롯해 다양한 디지털 콘텐츠를 만들었거든요. 펀딩도 많이 했었고요. 그때의 결과물, 그때 배운 구성력이 중요한 밑거름이 된 것 같아요. 인턴 때는 일주일에 카드뉴스 여섯 개까지 만든 적도 있어요. '무식혜' '부킹왕' '미싱' 등 많은 시리즈를 기획했고, 당시에는 다 망했다고 생각했는데 돌아보면 중요한 순간이었던 것 같아요. 그리고 당시 기자를 포함해 다양한 분야의 사람들과 함께 일하는 조직이기 때문에 거기서 다방면으로 흡수한 것도 많아요. 전 원래 SNS도 하지 않았고, 사회 문제에도 밝지 않았는데 그 틈에서 팔로업 한 덕에 일을 시작한 5년 전보다 제가 더 밝아지고, 젊어졌어요.

하지만 당시에는 '이걸 누가 봐'라는 생각이 절대적으로 들잖아요.

실제로 아무도 안 봤어요. 약간 고흐 같은 느낌이었달까? '죽어야만 이걸 누가 알아주려나? 사후에나 빛날 나의 커리어!' 이랬는데, 그게 절 채워줬어요.

커리어 고민 속에서도 자리를 꾸준히 지켰죠.

20대를 돌아보면 쉰 적이 없어요. 교환학생도 간 적이 없고, 딱 한 번 쉬었던 게 대학 때 단과대 대표를 하면서 참여한 2주간의 유럽탐사 프로그램이 다예요. 사람이 불성실하게 생겨가지고. (웃음) 우리끼리는 그런 말을 많이 해요. '저주받은 책임감'이라고. 엄청나게 욕을 하다가도 점심시간 끝나면 사무실로 들어가서 각자 헤드폰 끼고 분주히 일하고, 부지런히 섭외 전화 돌리고, 카메라

들어오면 누구보다 열심히 움직여요. 이 육신… 책임감 강한 육신이 문제이자 장점이네요.

많은 시도 중에 역사 속 지워진 여성 위인을 재조명하는 카드뉴스 '미싱'은 재재의 여성주의적 시각이 가장 잘 담긴 시리즈였죠.

원래 제목은 '시발점'이었는데 반려당했어요. 첫 화 주인공으로 어우동을 세우고 싶었는데 또 반려당했고요. 성종 임기 동안 간통으로 교수형을 당한 사람이 어우동밖에 없는데 당시 어우동과 내통했던 관리직 남성들은 그 어떤 형벌도 받지 않았다고 해요. 어우동을 첫 화 주인공으로 내세우고 싶었지만 선정적이라는 이유로 인물을 바꿔야 했어요. 대안으로 광복 100주년이기도 하니 정정화 독립 투사를 시작으로 여성 독립 투사 계보를 찾아보기 시작했어요. 헌데 자료가 다 사라진 상태라 조사하는 것도 쉽지 않더라고요. 정말 미싱된 거죠. 미싱 시리즈의 전체 인물 구성을 보면 백인 여성이 많이 등장하거든요. 그분들은 그나마 기록이라도 있지 동양계, 아프리카계 여성에 대한 기록은 정말 찾기 어려워요.

주제가 주제인 만큼 짧은 카드뉴스에도 상당한 공을 들여야 했네요.

그렇죠. 김경숙 열사 _{YH사건. 1979년 8월 11일 회사의 일방적인 폐업과 해고에 반발한 YH무역 노동조합 여성 노동자 187명이 당시 신민당사 4층에서 농성을 벌이다 경찰 강제 진압으로 조직차장이던 김경숙 조합원이 목숨을 잃음.} 에피소드도 졸업 논문 쓰듯 준비했어요. 저서부터 논문 등 관련 자료 구하려고 여기저기 찾아다니고, 저서 저술하신 분 인터뷰도 하면서 취재를 했는데 뭐 안 보셔가지고. (웃음) 그렇게 9회만에 종영했죠. 제목대로 미싱됐죠.

당시에는 조명하지 못했지만 '미싱'에 포함하고 싶은 여성이 있다면요?

일본군 성노예 피해자이자 여성인권운동가 할머님들을 미싱에 소환하고 싶어요. 첫 피해 증언자로서 일본군 성노예 문제를 세상에 알린 故김학순 운동가, 법정 투쟁을 통해 일본으로부터 첫 배상 지급 판결을 이끌어낸 故이순덕 운동가, 故김복동 운동가 등 그분들 한 분 한 분이 발언하고 행동하기까지 얼마나 큰 용기가 필요했을지 가늠하기조차 어렵잖아요. 심지어 돌아가시기 직전까지, 그렇게 끝까지… 가장 대단한 분들이라고 생각해요.

'숨듣명'이 큰 인기를 끌었지만 비혼을 시작으로 중·고등학생 두발자유화, 디지털 장례식 등 사회적인 이슈를 담았던 초기 에피소드들이 지금의 〈문명특급〉을 만들었죠. 언젠가 담아보고 싶은 이슈가 있다면요?

철저히 개인적인 생각인데 1화에서 비혼 문화를 보여줬다면 이제는 비혼 이후의 삶을 다뤄보고 싶어요. '그래, 비혼이 있다는 걸 알겠어. 그래서 비혼을 선택한 사람들은 어떻게 사는데?' 하는 부분을 보여주고 싶어요. 비혼을 고민하거나 비혼을 선택한 이들이 걱정하는 것 중 하나가 고독사거든요. 비혼자의 실제 생활을 조명하면 어떨까 혼자 생각하고 있어요.

비혼을 선언한 여성들이 가장 많이 듣게 되는 건 '저런 말 하는 애들이 제일 빨리 결혼해' 식의 농담과 조소죠. 비혼 에피소드를 촬영하며 어떤 피드백을 받았었어요?

촬영 목적으로 시작했던 비혼식이긴 했지만 당시 상사 한 분이 유일하게 축의금을 주면서 '나중에 결혼하면 두 배로 돌려줘야 한다'고 하시더라고요. 당시에는 '오케이, 땡큐, 땡큐' 하고 받았는데 그런 분들이 오히려 고마워요. 그렇게 한 소리 할 거면 돈을 주면서 하시라, 돈을 함께 주시라. (웃음)

촬영을 목적으로 비혼식을 열었지만, 실제 비혼을 선언하며 본의 아니게 90년대생 비혼주의자를 대표하게 됐고요.

그래서 종종 비혼을 결심한 계기에 대한 질문을 받아요. 사실 생의 어느 순간에 '이런 이런 이유로 결혼하지 말아야지'라고 결심한다기보다 그냥 우리 세대라면 체득하지 않나요? 결혼이라는 것이 여자로 살아갈 때 큰 도움이 되지 못하는구나 하고. 시나브로, 부지불식간에 알게 되는 것 같아요.

'이런 외양을 지닌 여성이 사회에서 살아남을 수 있다는 걸 많은 이들에게 보여주고 싶다'라고 말한 적 있죠. 그 답을 하기까지 '여성다움' '여성스러움'에 대한 고민도 있었을 것 같아요.

저뿐만 아니라 제 또래 많은 여성이 정규 교육과 사회화 과정, 미디어 등 다양한 채널에서 '여성스러움'을 공기처럼 주입받고 자랐잖아요. 저도 대학교 4학년까지 그 점에 대해 비판적인 견해를 갖지 못했고요. 대학교 1학년 때는 원피스도 입고 다녔으니까요. 그때마다 나답지 않다는 느낌, 다른 껍질을 쓴 것 같은 기분이 들었어요. 내 스타일이나 취향은 무시되고 '페미닌함'으로 획일되는 분위기 속에서 '꼭 이렇게 해야 되나, 좀 그냥 편하게 나답게 있으면 안 되나?' 식의 여성스러움에 대한 의문을 갖게 됐죠. 그나마 저는 여대를 다녔기 때문에 내 식대로 바꾸는 게 크게 어렵지 않았어요. 대학교 4학년 때 지금보다는 긴, 중단발 길이의 쇼트커트를 했거든요. 사회에 나와보니 이 정도 길이의 쇼트커트조차도 취업 시장에서는 큰벽이더라고요. 내가 온실 속의 화초였구나, 비닐하우스에 살고 있었구나, 야생이란 이런 곳이구나 하고 크게 깨달았어요. 그 과정에서 어떤 태도로 살아야 할지, 얼마만큼 타협해야 할지에 대한 고민도 있었지만 원체 황소고집이기도 해서 원하는 대로 하고 다녔어요. 다행히 그사이 시대가 많이 변했고요.

대한민국에서 20대, 젊은 여성으로 사는 일에 대해 어떻게 정의하고 싶어요?

생존을 위한 고군분투죠. 20대 젊은 여성으로 사는 일은 당장 오늘 살아남는 일이 급급해 때때로 미래를 꿈꾸지 못하게 하는 것 같아요.

고군분투의 과정에서 가장 많이 들었던 말도 있었죠?

'남자야? 여자야?' 들을 때는 기분 나쁜데 다시 생각하면 나아지고 있다는 변화의 징조 같기도 해요. 저 같

"

언제 어떤 실수를
할지 모르죠.
다만 희망적인 건

그래도 우리는 의견을
수렴하고 반영한다는 것과
변화한다는 거예요.

처음부터 완벽하지는 않아도
변화의 의지가 강하다는 게
우리의 장점인 것 같아요.

"

은 사람이 많아지면서 남성성, 여성성이 규정되지 않는 성중립적인 이들이 존재한다는 사실을 인식하고 있다는 거니까요. 하지만 20년, 30년이 지나도 '남자야? 여자야?' 같은 댓글은 계속 달리겠죠. 근데 이에 대해 '어느 시대인데 이런 말씀을 하고 있느냐'라는 대댓글이 더 많이 달릴 날도 오지 않을까요?

재재처럼 활기차고 기세 좋은 여성에 대해 시끄러운 여자, 떠드는 여자…
나대는 여자…

나대는 여자라는 혐오 프레임을 씌우기도 하죠. 그 가운데 우리는 더 시끄러워질 필요가 있고요.
그런 의미로 시작했다기보다 제 캐릭터가 원체 그래요. 다행히 공감하는 분들이 많은 것 같고요. 감사하게도.

거부감을 드러내는 피드백에 대해서는 어떻게 생각해요?
요새 그런 식의 피드백, 특히 유튜브 같은 채널에서 그런 피드백을 주는 분들은 그냥 안쓰러워요. '저 사람 뒤처지고 있구나…' 그래서 별 신경 안 쓰고 있습니다. 반면 응원 댓글 써주시는 한 분 한 분이 너무 소중하고요.

콘텐츠 제작 외에도 20~30대 여성을 대상으로 한 강연과 행사를 진행하기도 하죠. 미디어 바깥에서 만나는 여성들과 언제 서로 연결돼 있다는 느낌을 받곤 하나요?

저의 행복을 응원해주실 때 크게 느껴요. 주로 직장 생활을 하는 동년배분들이 감정이입 하고 응원해주는 것 같아요. 외양도, 직업도 이런 사람이 나와서 떠들어주는 게 그들에게는 무언의 힘이 될 수 있다는 것에 저 또한 기쁘고요. 저 역시 동종업계가 아니더라도 커리어로 두각을 나타내는 여성들을 사회에서 만나면 응원하게 되고 나도 할 수 있겠다는 희망을 갖게 되니까요.

삶 속에서 되고 싶고, 기꺼이 사랑하게 되는 여성의 모습이 있다면요?

루이제 린저의 소설 《생의 한가운데》에 좋아하는 구절이 있어요. "니나는 마치 폭풍우에 좀 파손된, 그러나 대해에 떠 있고 바람을 맞고 있는 배와도 같았다. 그리고 볼 줄 아는 사람이면 누구나 그 배가 어디든지 원하는 곳에 갈 수 있다는 것을, 아니, 새로운 대륙의 새로운 해안에 도착해서 대성공을 거두리라는 것을 돈을 걸고 단언할 것 같았다." 훼손과 상처, 두려움에 꺾이지 않고 어디든지 가는 여성. 이런 분들이 제가 사랑하는 여성상이지 않나 싶습니다.

재재

지키고 싶은 태도가 있다면요?

혼자 잘나지 않았다는 걸 견지하고 싶어요. 〈문명특급〉을 포함해 개인 채널인 〈해피 아가리〉도 그렇고 혼자서는 이룬 게 하나도 없어요. 동료들에게 감사하죠. 평소에는 말을 잘 못하니까 여기에 꼭 써주세요. (웃음) 영화 〈카모메 식당〉을 최근에야 봤거든요. 핀란드 헬싱키에서 식당을 운영하는 사치에의 삶에 서서히 스며들어온 한 명 한 명의 사람들이 자연스럽게 어우러져 살아가는 이야기예요. 서로가 서로를 인정해주면서도 지나치게 삶을 간섭하지 않는 느슨한 관계들이 보기 좋았어요. 누군가가 좀 이상한 말과 행동을 하더라도 있는 그대로 인정하고 받아들이는 게 멋있는 태도 같아요. 주변 사람들을 너 그렇게 대하고, 존경하며, 감사할 줄 아는 마음을 품은 채 앞으로 가고 싶어요. 혼자 성장하는 게 아니니까요.

재재가 그리는 〈문명특급〉의 빅픽처는 무엇인가요?

빅픽처… 사실 당장 다음 주 편성을 어떻게 할지 고민인데요. 개인적인 생각으로는 채널이 커지면 커질수록 좋고, 지상파 등 레거시 미디어로의 확장도 시도해볼 만하고요. 나아가 다양한 오프라인 행사 등 확장될 수 있는 모든 범위로 넓혀지길 바라요. 뉴미디어계에만 머무르

는 것이 아니라 어떤 방식으로든 많은 분들에게 닿았으면
해요. 근데 이건 콘텐츠 만드는 모든 이들의 바람 아닐까
요. 더 크길 원해요.

지금보다 더 크기 위해 재재 개인에게 무엇이 필요할까요?

유연함. 유연함이라는 말 안에 많은 게 포함되겠지
만, 일단 내 생각이 틀릴 수 있다는 것을 인정할 줄 아는
용기 같아요. 저는 고집이 세서 종종 반대 의견을 들으면
못 참기도 하는데 그러면 안 되겠더라고요. 화가 나는 마
음을 매일 가라앉히고 있습니다. (웃음) 수행 중인데…
올곧지만 바람이 불면 부는 대로 구부릴 줄도 알고 때를
기다릴 줄도 알고 싶어요. 과정에서는 유연하게 대처하지
만 최종적으로는 자신의 의도대로 결과를 만드는 사람들
있잖아요. 제가 그걸 못해요. 저는 코트를 벗기려던 바람
입니다. 햇빛이 아니라. (웃음)

**마무리할까요. 재재만의 유니버스, 그곳은 어떤 세계인가
요? 어떤 모습이길 바라나요?**

재재만의 유니버스… 대체 뭘까요? 혹시 드라마
〈검색어를 입력하세요 WWW〉 보셨어요? 그 드라마를
보면 기업 대표를 비롯해 요직에 있는 임원 등 다양한 여

성이 등장하잖아요. '내 욕망에는 계기가 없다'고 당당하게 말하는 사람, 너무 좋아요. 그렇게 다양한 욕망을 지닌 캐릭터들이 자연스럽게 어울리며 살 수 있는 세계였으면 좋겠어요. 마지막 회 양옆으로 바다가 펼쳐진, 쭉 뻗은 도로 위를 세 여자 주인공이 오픈카를 타고 질주하는 모습을 보면서 영화 〈델마와 루이스〉의 마지막 장면이 떠올랐어요. <u>영화 속 그들은 벼랑 끝으로 내달리지만 드라마 속 세 여성은 자신들의 야망을 자유롭게 펼치면서도 비극적 결말이 아닌 희망찬 결말로 향하잖아요. 그런 결말이 존재할 수 있는 세상이 재재만의 유니버스가 아닐까요. 여성이 자유롭게 사람인 채로 살아도 되는 긍정적인 세상.</u>

성취욕과 야망을 숨기지 않아도 되는 그런 세상.

이러다 망하면 또 큰 망신인데. (웃음) 일단 뭐 지르는 거죠. 뻔뻔한 게 중요한 것 같아요. 뻔뻔하게 살아남아야 해요.

"

누군가가 좀 이상한 말과
행동을 하더라도
있는 그대로 인정하고
받아들이는 게
멋있는 태도 같아요.

주변 사람들을
너그럽게 대하고
존경하며, 감사할 줄 아는
마음을 품은 채
앞으로 가고 싶어요.
혼자 성장하는 게
아니니까요.

"

그는 일주일 내내 무언가를 만들거나 편집하고 있었다. 평일에는 직장인으로 살아야 하기에 우리는 일요일 오후 2시에 만났으며, 두 번째 전화로 나눈 인터뷰는 야외 일정이 모두 끝난 밤 10시에 이뤄졌다. 전화를 끊으며 다시 사무실로 가야 한다고 했다. 일련의 모든 과정이 숨가쁘게 이뤄졌지만 그는 인터뷰이로서 자신이 알아야 할 것들을 챙기고, 정확히 묻고 짚었다. 종종 아이돌 가수를 만나 일을 할 때 직업인으로서 잘 수련된, 일에서 경지에 오른 이들이 가진 분명한 태도 같은 것을 보곤 하는데 재재에게도 그런 것들이 느껴졌다.

당시 그의 일주일 단위의 일과를 들으며 나는 어떻게 그게 가능하냐고 물었고 그는 '저주받은 책임감 때문에 서로 멱살 잡고 끌고 가는 것'이라 답했다. 그의 화두는 살아남는 것이라고 했다. 삶을 철학적으로 사유하고 의미를 찾을 겨를 없이 오늘 살아남아야 한다고. 그 가운데 나를 잃지 않고 살아남아야 한다고 덧붙였다. 일을 하며 나를 완전하게 지키는 것이 가능할까? 누구도 그럴 수 없고, 일을 통해 깎이기도 하고 덧입혀지기도 하는 것이 어른의 성장일지도 모른다. 그럼에도 자신이 가진 것, 미흡한 것들 중 누군가는 동의하지 않더라도 끝내 지키고 싶은 것 하나씩은 있다. 그게 무엇이든 남겨 둬야 내 인생에서 상관없는 사람들의 평가는 가뿐히 넘길 수 있고, 우직하게 몇 걸음 더 내디딜 수도 있을 것이다. 오늘 납작해진 나를 부풀리고, 쭈글거림을 팽팽하게 펴는 건 오직 나로부터 나오는 힘일 테니까.

재재는 대화의 마지막쯤 어느 지점에서 자신을 잃지 않아야 할지, 어떤 것을 내어주고 무엇을 취해야 할지 배우고 공부해야 할 것 같다고 했다. 1년 사이 재재와 〈문명특급〉은 비약에 가까운 도약을 했다. 그사이 그가 무엇을 지키고 내주었는지 나는 알 수 없다. 하지만 재재라면 특유의 영민함과 성실함으로 꽤 괜찮은 거래를 했을 것만 같다. 그랬으면 좋겠다.

2019년 9월호 〈마리끌레르 코리아〉 인터뷰와 한 차례의 추가 인터뷰를 바탕으로 새롭게 작성했습니다.

정다운

"

지금까지 틀리게 배우고
잘못된 방식으로 익숙해진
것들을 바꿔나가려고 해요.

이제는 성별이나
나이 문제로 부딪혔던
스태프들과는
다시 일 안 하고 싶어요.
지난달에도
네 건의 일을 거절했어요.

돈 때문에 싫은 내가
되어야 하는 일은
절대 안 하려고요.

"

비주얼 아트 크루 다다이즘 클럽 멤버. 오랜 시간 동안 밴드 혁오와 협업해왔다. 혁오의 앨범 작업 과정과 그들의 삶을 가까이 지켜보며 기록한 다큐멘터리 〈/volumes/Hyukoh_2018_2/2018hyukoh_berlin/project/2018_hyukoh_24howtofindtrueloveandhappiness.proproj〉, 〈죽음의 투어〉를 개봉했으며, 장기하와 얼굴들의 〈별 거 아니라고〉, 예지(YAEJI)의 〈WHAT WE DREW 우리가 그려왔던〉, 대만 밴드 선셋롤러코스터의 〈캔들라이트〉 뮤직비디오를 촬영했다. 나이키, 아디다스, 루이비통 글로벌 등 다양한 브랜드와 협업해왔다. 2020년 8월 일민미술관 기획전 〈Ghost Coming 2020 {X-ROOM}〉에서 다양한 여성 아티스트들의 라이브 퍼포먼스를 촬영, 편집했다. 현대미술과 다큐멘터리, 뮤직비디오, 브랜드필름 등 경계를 넘나들며 인물을 담고 있다.

못난 마음을 서둘러 누그러뜨리고 뭐라도 해야 하는 날에는 정다운 감독의 유튜브 계정(⟨DQM⟩)을 찾아가 'love'를 켠다. 정다운 감독과 그의 친구들이 나란히 웃고, 미러볼 아래 춤추는 장면 같은 사소한 숏들이 2분 43초 동안 이어질 뿐인데 영상이 끝날 때쯤이면 바닥난 사랑이 미지근하게 차오른다.

사랑의 순간은 사랑 있는 사람에게 유독 잘 발각된다는 듯 드문드문 만나온 정다운 감독은 한결같이 다정한 사람이다. 지금 눈 앞에 앉은 사람을 성실히 대하는 사람, 그런 당신이라면 새롭게 발견해줄 것 같아 나를 툭 풀어놓게 되는 사람. 인물 한 명을 선정하고 기록하는 단편 연작 프로젝트 '다운큐멘터리dawnqmentary'에는 그의 사랑과 다정의 재능이 최대치로 집약돼 있다. 그리고 그 재능은 주인공이 여성이 되는 순간 빛을 발한다.

"다큐멘터리에는 찍는 자와 찍히는 자의 특별한 유대가 있어야 해요. 그게 사랑이기도 하고 우정이기도 한 심오한 감정인데, 그 복잡하고 황홀한 감정은 주로 여자들과 일할 때 만들어져요." 그의 6mm 캠코더에 담기는 여자들은 적막 한가운데서 커다랗게 웃고, 렌즈를 또렷이 응시하다 차를 마시고, 담배를 피우다 문득 어제 쓴 메모를 낭독한다. 씩씩하거나 수줍거나, 경솔하거나 진중하거나, 침울하거나 호탕하거나, 그 무엇일 수도, 무엇이 아닐 수도 있는 여자들이 거기에 있다. 최근 그는 뮤지션 예지YAEJI의 〈WHAT WE DREW 우리가 그려왔던〉 뮤직비디오를 촬영했다. 이 촬영을 위해 정다운 감독이 소속돼 있는 비주얼 아트 크루 다다이즘 클럽의 멤버를 포함해 일곱 명의 친구들이 뉴욕과 베를린에서 예지를 위해 달려왔다. 정다운 감독이 빚어낸 시공간 안에서 여자들의 낭만적 우정, 다부지고 튼튼한 연결과 연대가 반짝인다.

정다운 감독이 제일 잘하는 사랑을 이야기하려고 만났지만, 우리의 대화는 사랑이 위협받던 순간 안에 한참을 머물 수밖에 없었다. 영상 산업의 진입 장벽이 낮아진 덕분에 재능과 감각만으로 신scene에 들어왔지만 그가 상업 촬영 현장에서 가장 먼저 마주한 건 낡은 고정관념이었다. 나이와 성별, 경험 차에 의한 위계폭력이 공기처럼 자리한 곳, '현장이 다 그렇지' '오늘 안에 찍으려면 어쩔 수 없잖아' 하고 불합리와 부당함을 묵인하는 것이 일상이 된 곳에서 그가 가장 먼저 익혀야 했던 건 남자들이 가르치는 '이 바닥의 생리'였다.

자신을 감독이 아닌 어린 여자로 보는 스태프들에게 굽히지 않기 위해, 그날 주어진 일을 해내기 위해 정다운 감독은 그들이 해왔듯 거칠게 밀어붙이기도 했다. 소리 지른 날은 어김없이 늘 입이 썼다고 말하는 그는 이제 자신이 아닌 다른 사람이 되어야만 하는 현장이라면 일하지 않겠다고 말한다. 지금 정다운 감독에게 가장 중요한 것은 일을 하며 사랑을 잃지 않는 것이다. 각오와 용기가 필요한 일이다. 그는 오늘도 일에 의해 사랑이 훼손되고 깎여나가지 않도록 단단히 카메라를 쥔다.

유선애   어디서 오는 길이에요?

정다운   촬영 하나 앞두고 확인할 게 있어서요.
제가 좀 늦었죠?

아니에요. 몇 분 안 늦었는데도 다정한 문자를 보내줘서 마음이 녹고 있었어요. 감독님과 문자 나눌 때 꼭 감독님 다큐를 볼 때처럼 마음이 미지근해져요. 왜 이렇게 다정하고 사랑이 많아요?

제가 사랑 유치원을 다니기도 했고. (웃음) 집안을 통틀어 제가 첫 아이여서 사랑을 많이 받았어요. 어렸을 때는 할머니, 할아버지, 삼촌, 고모가 가까이 모여 살았는데 참 화목했어요. 할아버지 집에 매일 놀러 갔고요. 그럼 할아버지는 스쿠터 앞에 저를 태우고 동네 마실을 다니셨어요. 아직도 그 기억이 생생해요. 또 할아버지, 할머니가 엄마를 무척 좋아해서 엄마는 설거지 한 번 안 했어요. 엄마도 그만큼 가족들에게 잘했고… 그런 기억들이 있어요. 제가 이제껏 받아온 사랑들이 지금 살아가는 데 큰 힘이 돼요. 물론 제 경우에 그런 것이고요. 유년 시절에 사랑을 많이 받은 사람만이 사랑을 실천할 수 있다고는 생각하지 않아요.

다정함과 단호함은 한데 묶이기 어려울 것 같은데 다정하면서 단호하다는 느낌을 줘요. 자기 주장이 강한 편이라고 전에 이야기한 적이 있죠?

근데 어릴 때는 많이 소심했어요. 경상도에서 나고 자랐지만 집이 가모장적인 분위기였어요. 할아버지나 아빠 등 집안의 남자들이 아니라 엄마의 영향을 가장 크게 받았어요. 아빠는 그냥 우직하게 일하는 무뚝뚝한 공무원이었고, 엄마가 출판사를 운영하며 경제 활동을 했거든요. 배포가 크고 멋있는 사업가였어요. 그런 엄마를 사랑하고, 자랑스러워하고, 두려워했죠. 형제자매 없이 매일 혼자 노는데 심지어 혼자 너무 잘 노니까 엄마가 사회성을 길러주려 했는지 초등학교 6학년 때 울산 현대 어린이 합창단을 보낸 거예요. 그게 제 인생에서 큰 터닝 포인트가 된 것 같아요. 그 합창단이 오디션을 통과해야 들어갈 수 있는, 우리들끼리는 좀 알아주는 집단이라고 해야하나? 거기서 좀 잘나가는 여자 친구들을 만나고, 그 친구들에게 내 모습 그대로를 보여줬어요. 싫으면 싫다고 이야기하면서 자기 주장을 하기 시작한 거죠. 그러면서 성격이 정말 많이 바뀌었어요. 1년 동안 합창단 생활하면서 남자 애들과는 죽도록 싸웠어요. 여자 친구들 괴롭히는 애들한테는 바로 주먹부터 나가는. 어느 정도였냐면, 1년에 한 번 열리는 합창단 정기 연주회에 제가 '사운드 오브 뮤직'의 솔로 댄스를 맡게 된 적이 있어요. 근데 하필 공연 전날 남자인 친구와 치고 박고 싸운 거예요. 예쁜 노란색 반팔 티셔츠를 입었지만 팔은 시퍼렇게 멍이 들어 있던 무시무시한 솔로 댄서였죠. (웃음) 합창단에 소속되면서 생긴, 내가 뭔가 대단한 걸 하고 있다는 자기 만족이 절 크게 바꿔놓은 것 같아요.

자기 만족이 주는 즐거움이 중독적이잖아요. 이후 생활도 완전히 바꿔놓았을 것 같고요.

맞아요. 잠재돼 있던 명예욕이 터진 건지 중학교부터 고등학교 때까지는 무조건 반장했어요. 하고 싶은 사람 손 들라고 하면 무조건. 한자리하고 싶다는 욕망이 있었어요.

엄마의 큰 그림이 있었네요.

엄마는 진짜 무서웠는데 그만큼 제가 좋아했어요. 엄마한테 애교도 엄청 부리고, 고등학교 때까지 맨날 뽀뽀했거든요. 학교 참관 수업 때 엄마가 오면 제 어깨가 막 올라가요. 엄마가 너무 멋있어서 우리 엄마 오면 내가 안 봐도 애들이 다 알려줬거든요. 너네 엄마 아나운서야? 진

짜 멋있다 그래요. 그럼 전 또 아무렇지 않은 척 '어? 왔어?' 하고. (웃음)

이후 유치원 때부터 친구였던 포토그래퍼 한다솜과 함께 서울에 왔죠.

모델이 하고 싶어서 모델학과에 입학하면서 서울에 왔어요. 당시 다솜이에게 조그마한 브랜드 일이 좀 들어왔었거든요. 거기에 아르바이트 식으로 모델을 몇 번 같이 해봤는데 막상 해보니 재미가 없더라고요. 뭔가를 만들어내는 창작 작업을 해야 하나 고민하던 때에 엄마가 위암 판정을 받았어요. 처음에는 위암 3기라고 들었는데 사실은 말기였고, 손쓸 수 없는 상황이었어요. 굉장히 빨리 돌아가셨죠. 엄마 돌아가시고 나서 뭐가 남았나 찾아보니 엄마 일기장 두 권이랑 사진들, 그리고 핸드폰에 있는 내가 찍은 영상 두 개가 있더라고요. 그중에 하나는 엄마 병세가 악화되면서 한쪽 시력을 완전히 잃었을 때 아웃백에서 같이 찍은 영상이었어요. 자기는 먹지도 못하는데 내가 먹고 싶다니까 같이 온 거야. 날 보면서 "야, 뭘 계속 찍는데?" 하며 어색해하는 영상을 보는데 일기나 사진보다 그 짧은 영상 하나가 그 사람이 아직 살아 있는 것처럼 느끼게 해주더라고요. 지금 울산에 가면 엄마가 누워 있을 것 같고. 그때 영상을 해야겠다고 마음먹었어요. 감독이 돼야겠다는 결심이 아니라 지금부터 죽을 때까지 내 곁의 사람들을 다 기록해놔야겠다는 각오로 한 명씩 한 명씩 찍기 시작했어요.

그게 다운큐멘터리의 시작인 거죠?

고등학교 때 등교 전 매일 〈인간극장〉을 봤었어요. 그걸 무조건 보고 하루를 시작해야 뭔가 마음이 편한. (웃음) 주변 인물들을 내 방식대로 인간극장화 해서 5분, 10분씩 만들어 유튜브에 올리기 시작했죠. 이후에 작업이 알려지면서 아디다스로부터 캠페인 촬영 제안을 받았어요. 열다섯 명의 인플루언서에 대한 짧은 다큐멘터리를 찍는 일이었거든요. 돌아가시기 전까지 엄마가 가족의 생계를 부양했기 때문에 돌아가신 이후에는 진짜 돈이 없었어요. 등록금이 없으니까 어떻게든 장학금을 받아야 했고. 근데 처음으로 이 작업을 하면서 300만 원을 받은 거예요. '와, 이렇게 큰 돈이 나에게?' 싶을 만큼 큰 액수였어요. 지금 와서 생각해보면 별거 아닐 수도 있지만 그렇게 시작하게 됐어요.

보통은 유명 감독이 운영하는 스튜디오에서 경력을 쌓기

마련인데 독립적으로 시작했어요.

도제 시스템이라는 건 알지도 못했고 해상도 크기, 카메라 노출도 제대로 몰랐을 때예요. 단순한 편이라 제 딴에는 아이폰으로 찍으면 완성이 되니까. (웃음) 예술병도 걸려 있었고. 무엇보다 유명한 누구 아래에서 배우지 않아도 전혀 문제되지 않을 거라고 생각했어요. 도제 교육을 거치지 않은 포토그래퍼, 비디오그래퍼가 많아진 게 제 세대 때부터인 것 같아요.

스물두 살부터 상업 감독으로 활동을 했는데 어린 여자가 감독이라고 현장에 나타나면 분위기가 어땠어요?

좋은 사람도 많이 만났지만 편견도 많았어요. 초반에는 제가 너무 긴장해서 '오케이' 소리도 잘 못하니까 자기들끼리 '야, 뭐래? 오케이래?' 하고 대놓고 말하기도 하고. 그럼 웬 남자가 와서 '오케이면 오케이라고 크게 말하고, 다음 신은 뭘 찍을 겁니다! 넘어갈게요!'라고 말하는 게 '감독의 역할'이라며 절 가르쳤어요. (웃음) 첫 바이럴 광고 찍을 때는 프로덕션 감독이 대놓고 '예쁘장하게 생겨서 뭘 하겠냐, 12개월짜리 프로젝트 감당할 수 있겠냐'고도 하고. 현장에 촬영 감독이나 조명 감독, 사운드 감독들이 다 나이 많은 남자들인데 내가 "준비됐어요?" 하

"

여성을 아름답게 찍는다는
기준이 다른 거 같아요.

다큐멘터리건
브랜드필름이건
저는 제 작업 안에서
여자를 생각 없는 사람처럼
찍히게 놔두지 않아요.

각자 이야기를 가지고
움직이도록 만들어요.

"

고 물으면 대답을 안 해요. 내가 어린 여자라서 이러나 목소리가 작았나 혼자 생각하다가 더 큰 목소리로 다시 물어요. "준비됐어요?" 하고 소리치면 감독인 나한테는 대답을 안 하고 들으라는 듯이 "야, 조금 기다리라고 해!" "5분 더 달라고 해!"라며 자기들끼리 말을 주고받아요. 어느 정도 시간이 지나고 나서는 나도 성질이 있고 기분 나쁘니까 경상도 사투리 막 써가면서 "언제 돼?" "대답 좀!" 해버리게 되더라고요. 제 의지와 상관없이 억세게 된 거죠. 스물세 살까지 가장 날카롭던 시절이기도 해서 그땐 세보이려고 소주도 그렇게 마셨어요. 술주정도 없는데 괜히 일부러 더 크게 소리도 질러보고. 노래 부르고.

본래 지닌 기질보다 더 독해지고 세져야 한다는 게 괴롭진 않았어요?

그게 당연하다고 생각하고 살았어요. 근데 시간이 지날수록 그게 나를 참 힘들게 하더라고요. 세고 거칠게 하면 일은 빨리 진행될지 모르겠지만 막상 집에 오면 기분이 너무 안 좋아. 내가 뭐라고, 뭐 대단한 거 찍겠다고 그렇게 사람을 깎아내려가며 그랬나 싶고. 현장에 나만 여자였던 적도 많았어요. 그럼 일부러 말도 험하게 했어요. 왜냐하면 남자들은 그렇게 하니까. 나도 남자한테 그렇게 배웠고, 싫은 방법이어도 이렇게 유대를 쌓아가야 했고, 카리스마 있어 보이고 그래야 내 말을 좀 들어주겠다 싶어서요. 이건 어느 정도 인정해야 할 부분인데, 그렇게 점점 명예남성화된 거예요.

영상뿐만 아니라 남성중심적 산업 안에서 살아남기 위해 명예남성화된 경우를 너무 많이 봐왔어요.

지금 내가 명예남성인가?라고 묻는다면, 완벽히 아니라고는 대답 못 할 것 같아요. 그럼에도 지금까지 틀리게 배우고, 잘못된 방식으로 익숙해진 것들에 대해서 바꿔나가려 해요. 이제는 성별이나 나이 문제로 부딪혔던 스태프들과는 다시 일 안 하고 싶어요. 지난달에도 네 건의 일을 거절했어요. 돈 때문에 싫은 내가 되어야 하는 일은 절대 안 하려고요.

포토그래퍼 한다솜 등이 모인 비주얼 아트 크루 '다다이즘 클럽'의 모든 멤버는 여성이죠?

네. 같이 노는 친구들이에요. (한)다솜과는 유치원 때부터 친구였고, 오미자(김가영)라는 친구는 대학교 후배예요. 패션디자이너 (최)지형이라는 친구까지 넷이 정말 잘 맞아요. 그밖에 미국에서 지내는 모델이자 스타일러스트인 (김)예영 실장님, LA에서 애니메이션을 하는 엘렌 킴까지. 드러나지 않는 멤버는 더 많아요.

각기 다른 분야에서 활동하는 또래 여성들과의 작업이 만들어내는 시너지가 있을 것 같아요.

일단 우리는 표현을 격하고 솔직하게 해요. '오늘 너희랑 이렇게 케이크 먹고 있어서 너무 행복해' 같은 오그라드는 말도 무조건 다 표현해요. 헤어질 때 '오늘도 고마워' 같은 인사도 자주 나누고 서로 감사해하고 다독이고요. 우리끼리 '아나바다'도 하고, '서울에서 가장 귀여운 인형을 사러 떠나보자' 하고 여기저기 다니고요. 작업에 있어서도 서로 영감을 많이 주고받죠. 시기마다 취향을 구체적으로 공유해왔으니까 함께 작업할 때 의사소통이 훨씬 수월해요.

작업하면서 해외의 많은 도시들을 다녔죠. 세계의 다양한 여성들을 만나는 과정에서 작업이 확장되는 경험을 할 것 같은데요.

인물 작업을 하고 있으니까 다양한 여성들을 만나는 일이 제겐 의미가 커요. 각별한 친구도 많이 생겼어요. 그중에서도 베를린에 살고 있는 친구들이 많은데 지금까지 만나온 사람들과는 완전히 결이 달라요. 그 친구들이 가진 순수와 자유로움이 제게 주는 것들이 많아요. 저는 다큐멘터리를 찍는다고는 하지만 작업 특성상 1년에 많아야 한 편 만들 수 있잖아요. 나머지 시간은 혼자 작업만 해야 하니까 결과적으로 뭘 자주 보여주는 사람은 아닌 거죠. 그렇다고 문화계를 흔들 만큼 대단하게 활동하는 것도 아니고요. 저 스스로는 나름대로 제 작업을 진중하게 이어가는 시간이라고 생각하지만, 이 방향과 속도에 대해 한국에서는 응원해주는 이들이 별로 없어요. 그런데 다른 나라에서 만나는 여자 친구들은 제가 지금 어떤 작업을, 어떤 생각으로 하고 있는지 늘 궁금해요. 무엇을 찍고 있는지, 주로 담으려는 장면은 무엇인지 등 작업에 대해 구체적으로 질문하고요. 이전까지는 서로 어울리지 않는 두 쇼트를 연결한다거나 개연성 없는 컷을 바로 다음에 붙이는 등 펑크적인 편집을 주로 해왔는데, 이 친구들을 만나고부터는 컷 하나를 자르고 붙일 때도 어떻게 이야기를 끌고 가야 할지 더 고민하게 돼요.

요즘 여성 감독, 여성 촬영 감독 등 활약하는 여성 작업자들이 많다고 했죠?
아직도 메인스트림에는 1970년대생 남자 감독들

166

의 힘이 세지만 젊은 감독들 중에 확실히 여자 감독 수가 늘었어요. 그런 변화를 볼 때 희망적이에요. 요즘 기술적으로 가장 뛰어나다고 하는 리전드 필름이라는 곳에도 여자 감독이 있는데 청하, 태민, 아이즈원 뮤직비디오 모두 그분이 작업했어요. 진짜 멋있어요. 그리고 제일 좋아하는 셀린 시아마와 아델 에넬까지… 너무 많죠.

여자들과 일할 때 어떤 점이 특히 즐거워요?

너무 많은데. (웃음) 2019년 후반부터는 완전히 여자 스태프들로만 이뤄진 촬영이 많았어요. 어느 정도냐 하면 광고 촬영장인데 브랜드 디렉터부터 포토그래퍼, 비디오그래퍼, 모델까지 다 여자만 있는 거죠. 여자들끼리 있을 때는 굳이 뭘 더 설명하지 않아도 되는 게 좋아요. 가령 콘티상 책상에 메모지와 펜이 있다 쳐요. 모델한테 글을 써달라고 주문하면 남자 모델 대부분은 정말, 그냥, 글을 써요. 근데 여자 모델들은 글을 쓰는 움직임 외에도 뭘 쓸지 고민한다거나, 쓰다가 잠시 멈추는 등 편하게 연기를 해줘요. 우리가 원하는 감정에 대해 구구절절 이야기하지 않아도 그 상황과 느낌을 빠르게 파악하니까 불현듯 깊고 진지한 분위기가 싹 만들어지는 거죠. 그 순간 '아, 지금 우리가 서로의 깊은 곳까지 공유하면서 촬영하고 있구나' 하고 느껴요. 그런 날은 하루 종일 힘들게 촬영해도 기분이 좋죠.

그래서일까요. 다운큐멘터리 역시 여자가 주인공일 때 결이 더 좋아요.

여성을 아름답게 찍는다는 기준이 다른 거 같아요. 다큐멘터리건 브랜드필름이건 저는 제 작업 속의 여자를 생각 없는 예쁜 사람처럼만 보이도록 찍히게 놔두지 않아요. 각자 이야기를 가지고 움직이게 만들어요. 왜 요즘 패션필름 보면 알듯 말듯, 애매모호한 분위기를 만들고 그 속에 여자를 두잖아요. 그리고 그 분위기에 맞춰 몸과 눈에 힘을 빼라는 등 표정과 움직임을 지시하고요. 전 그런 게 싫어요. <u>만약 생각을 하고 있는 장면이라면 구체적으로 어떤 생각을 하고 있는지 보여주고 싶고, 기왕이면 움직이는 걸 담고 싶어요. 앉아 있는 것보다 걷는 게, 걷는 것보다 뛰는 게 좋고요. 여자를 살아 있는 사람으로 분명하게 담으려 해요.</u>

삶 속에서 되고 싶고,
기꺼이 사랑하게 되는
여성의 모습이 있다면요?

타인을 조금도 의식하지 않는 이, '자유롭다'는 말 자체에 대해서도 생각해본 적 없는 듯 순수하게 자유로운 사람이요. 태어난 모습 그대로 살고 있는 듯한, 자연인에 가까운 여성에게 섹슈얼함을 느껴요.

정다운

최근 오래간만에 뮤직비디오 작업도 했죠? 예지 씨 뮤비 잘 봤어요. 어떻게 시작하게 됐어요?

예지와 다다(이즘 클럽)는 너무나 각별한 사이이 기도 하고요. 뉴욕에 다른 일정이 있어서 간 김에 회의를 하다가, 우리가 주체적인 여성상에 대해 늘 관심을 두고 있으니 이를 표현하고 동시에 우리를 보여주자 싶었어요. 여자들이 서로를 좋아하고, 사랑하고, 응원하는 모습을 담고 싶었고요. 어떻게 보면 우리끼리 과시하는 느낌이기도 하지만 비단 우리만의 이야기로 보여지지 않길 바랐고요. 고맙게도 예지가 비행기표를 끊어 뉴욕, 베를린에 흩어져 있던 친구들을 한국으로 초청했어요. 너희와 함께하면 잘할 수 있을 것 같다고 하며 다들 흔쾌히 모였고요. 아침부터 새벽까지 찍었는데 서로 주물러주고, 껴안고 (웃음) 엄청 사랑스러운 분위기에서 찍었고, 그만큼 사랑스럽게 나왔어요. 촬영 끝나고 친구들을 공항에 데려다 줬는데 헤어지기 싫다고 다같이 울었어요. 어디라도 좋으니 우리 모여서 6개월 만이라도 살아보자고 했지만 코로나19 때문에 당분간은 어려울 것 같아요.

그런가 하면 아직도 이런 뮤직비디오를 찍나 싶을 정도로 여성을 대상화하는 영상들이 있어요. 특히 남성 힙합 신에

서 만들어지고 있는 영상을 보고 있자면 새삼 경악하고 분노하게 돼요.

여자가 입 벌리고 있고, 그 위로 위스키를 부어대고… 되게 뻔한.

어쩌면 이토록 한결같은지.

성적인 의미를 담는 것 자체가 문제라고 생각하지 않아요. 다만 아무 생각 없이 찍으니까 열 받는 거예요. 소위 힙하다는 요즘 영상들에 그런 게 많아요. 입을 벌리게 하거나, 뭘 물린다거나, 입가에 뭘 묻힌다든지. 무슨 얄팍한 판타지인지 뻔히 알 것 같은 상황들. 찍는 사람도 별 생각이 없고, 쇼트마다 어떤 의미가 있는지 생각을 안 했기 때문에 조금도 새롭지 않은 클리셰가 매번 등장하는 거잖아요. 섹슈얼리티를 주제로 하는 건 되게 자연스러운 거라고 생각해요. 저 역시 다루고 싶은 주제고요. 하지만 적어도 아무 고민도 없는 즉흥적이고 1차원적인 장면은 만들지 않겠다는 거죠.

맞아요. 성애 자체를 문제 삼는 건 아니라고 봐요. 다만 성애의 대상이 늘 여성이고, 그 표현 방식이 여지없이 후지잖아요.

맞아요. 확실히 편향돼 있죠. 그래도 예전에 박지윤 뮤직비디오에는 여자의 시선으로 남자를 보는 시도들이 있었잖아요. 저 역시 방식은 다르겠지만 성적 판타지를 작업으로 풀어낼 수 있겠죠. 남자의 뻔한 미소년적인 섹슈얼함 말고 남자 성기를 전에 없는 아주 새로운 방식으로 부각시키고, 풀어내는 식으로. 아무럼 내가 더 심하면 심했지. (웃음)

요즘 가장 담고 싶은 주제는 뭐예요?

한국 여성의 자위에 대해서 이야기해보고 싶어요. 특히 한국 여성이 이 주제에 대해 폐쇄적인 것 같아요. 가까운 사람들이랑 '자위 어떻게 해? 애인이랑 어떻게 할 때 즐거워?' 이런 이야기 잘 안 하잖아요. 저 역시 내 성기가 어떻게 생겼는지 작년에 처음 알았거든요. 그동안 한 번도 거울로도 본 적이 없는 거예요. 저는 운 좋게 이런 대화를 할 수 있는 여자 친구들을 만났는데 처음에는 조금 충격이었어요. 그동안 성교육이라고는 고작해야 깨끗하게 씻고, 항상 청결하게 유지하라는 정도만 배웠잖아요. 어떻게 생겼고, 어떤 자극에 행복해하는지에 대해서는 마치 관심 없으려고 노력하며 살아온 사람처럼 모르잖아요. 저도 무지했지만 그래도 이제는 남자를 만나든 여자를 만나든 어떻게 해줬으면 좋겠다고 이야기하고, 이건 싫다고 정확히 표현할 수 있는 상태는 된 거 같아요. 제가 겪은 과정을 다른 여성들과 나누고 싶어요.

이제 정리할까요. 자신의 어떤 면을 믿나요?

남들에게 바라는 것 없이 솔직한 거요. 무엇이든 하기 싫으면 진짜 못 해요. 그래서 지금의 직업을 선택한 것도 있고요. 엄마 돌아가시고 나서 가장 많이 생각했던 게 엄마 인생과는 반대로 살아야겠다는 거였거든요. 엄마는 일을 즐기기도 했지만 일에 너무 쫓기고 시달렸어요. 그러다 결국 자신이 좋아하는 일마저도 좋아하지 않게 돼버렸고, 병에 걸렸고요. 평생 울산에서만 살았고, 결혼을 일찍 하고 저도 너무 일찍 낳았어요. 그러니 엄마는 죽을 때 기억할 만한 무엇도 남기지 못했고, 엄마를 기억할 사람은 저밖에 없다는 생각이 요즘 더 크게 들어요. 엄마가 양수경 노래를 좋아했거든요. 엄마가 듣던 노래는 아직 있지만 엄마는 이제 없고 그 노래를 좋아했다는 사실을 아는 사람은 이제 저뿐이잖아요. 그걸 겪으면서 제가 원하는 일을 하는 게 가장 중요해졌어요. 매 순간 솔직하지 않으면 하기 싫은 일도 떠안아야 하고, 만나고 싶지 않은 사람들로 인해 스트레스도 받아야 하잖아요. 적어도 그렇게 살고 싶지는 않아요.

감독님이 생각하는 강함은 어떤 의미예요?

다름을 이해하는 것. 요즘 다다(이즘 클럽) 친구들 안에서 가장 큰 주제가 '이해'거든요. 자신을 내려놓지 않은 채로 타인을 이해한다는 건 불가능한 일이라고 봐요. 나를 버리고 난 뒤에 그 사람을 이해할 수 있는 거지, 나를 그대로 둔 채 그 사람을 이해하려는 건 애초에 불가능하다고 생각해요. 지금 우리 사회에 다른 것이 너무 많은데 서로 다름을 이해하지 못하는 데서 오는 오해들도 많은 것 같아요. 다름을 이해할 수 있는 사람이야말로 가장 강한 사람 같아요.

"

매 순간 솔직하지 않으면
하기 싫은 일도
떠안아야 하고
만나고 싶지 않은
사람들로 인해
스트레스도 받아야 하잖아요.

적어도 그렇게
살고 싶지는 않아요.

"

정다운 감독은 요즘 틈틈이 춤을 춘다. 그리고 그 순간을
'난 슬플 때 방송댄스를 춰'라는 제목의 시리즈 영상으로
남긴다. 아이돌 댄스를 배우는 과정을 여과 없이 보여주
는 이 영상은 보고 있으면 어딘가 통쾌하고 후련하기까
지 하다. 그가 정말 열심히, 혼신의 힘을 다해 춤을 추기
때문이다. "잇몸 다 드러내 웃고, 뱃살 막 보이고, 버벅대
는 동작도 편집 안 하고 그냥 다 올려요. 내가 할 수 있는
최선이다. 여기까지가 한계다 하고요."

　　그가 검은 트레이닝복을 입고 머리카락이 다 젖도
록 몸을 움직이고, 하지만 뭔가 미세하게 박자는 맞지 않
고, 숨은 차오르고, 괴성이 터졌다가, 주저앉아 마구 웃
는다. 확실히 재능은 없어 보인다. 하지만 자신의 재능 없
음을 무시하고 즐겨버리면 이렇게 흥겹다. 그 영상을 보
고 있으면 그가 인터뷰 중 말했던 '살아 있는 사람의 모습
으로 분명하게 담는다'는 여자의 모습이 무엇인지 알 것
같다.

　　"나도 하니까 당신도 할 수 있다는 걸 보여주려고
요" 하고 덧붙이는 그의 말에 "맞아요. 자신감이 중요한
것 같아요"라고 말을 얹자 그가 갑자기 정색하며 "아니,
나는 내가 잘 춘다고 생각하는데?" 하고 산뜻하게 웃는
다. 정다운 감독은 경쾌함을 잃지 않으며 뚜벅뚜벅 앞으

로 간다. 그의 보폭이 보다 커지고 넓어지길, 그의 확장이
더 많은 연결로 이어지길. 그가 앞으로 표현할 다양하고
고유한 여자들이 기다려진다.

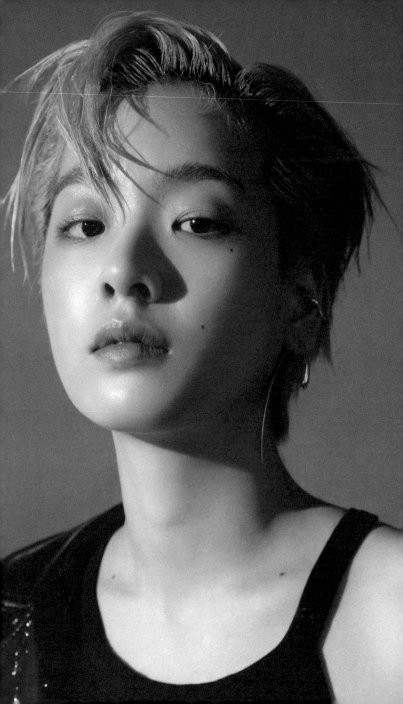

이주영

"

모든 여성들은
제 모습 그대로 충만하게
사랑받을 자격이 있다고
생각하지만

특히 입장이 다른
타인의 말에 귀 기울이고
대화할 수 있는 자세를
지닌 사람을 보면
동경하게 돼요.

"

영화 〈춘몽〉, 〈꿈의 제인〉, 〈누에치던 방〉, 〈메기〉, 〈야구소녀〉에 출연하며 여성 캐릭터의 다양한 면을 연기해왔다. 동시에 드라마 〈역도요정 김복주〉, 〈이태원 클라쓰〉, 〈타임즈〉를 통해 대중들에게 자신을 알렸다. 2018년 부산국제영화제 '올해의 배우상' 2019년 서울독립영화제 '독립스타상', 2020년 뉴욕아시아영화제 '라이징 스타상' 등을 수상했다. 성평등과 다양성에 기여한 영화를 꼽는 '벡델데이 2020'이 선정한 '벡델 초이스 10' 중 유일하게 두 편의 출연작을 올린 배우이기도 하다. 그는 "여성이 주인공인 영화가 주목할 만하고 특별한 일이 되지 않"길 희망한다.

"시예요. 언니가." 장률 감독의 영화 〈춘몽〉에서 유일하게 구애다운 구애를 하던 사람, 못미더운 남자들 사이에서 형형히 빛나던 사람. 나는 종종 배우 이주영의 첫 얼굴, 첫 목소리를 되감아 본다. "언제 한번 시 써줄까, 언니?" 하고 넌지시 묻던 22분 59초, 잠든 '예리 언니' 손에 자신이 쓴 시를 놓는 59분 30초, '당신을 그곳에 데려다주고 싶어요'라고 고백하는 1시간 16초에 다다르기 위해 구간 점프 버튼을 누른다. 영화 속 '주영'의 구애를 보고 있으면 사랑하는 것을 더 사랑하는 방향으로, 그가 다정히 안내하는 쪽으로 따라 걷고 싶어진다. 그리고 영화의 끝엔 총기와 광채로 가득한 신인의 얼굴이 남는다. 모두가 신인의 시간을 지나오지만 이토록 자신의 처음을 선명히 새길 수 있는 이는 많지 않다. 배우 이주영은 사람들을 깜짝 놀라게 하고선 정작 자신은 그 사실을 모르는 듯 의연히 할 수 있는 것들을 해왔다.

배우 이주영의 시작만큼 특별한 건 그가 공백을 찾을 수 없는 도약 중에도 무게만 다를 뿐 주체적인 역할을 선택해왔다는 데 있다. 이는 곧 배우가 자발적으로 자신의 필모그래피를 공들여 설계해왔다는 인상을 준다. 그가 지금까지 꾸려온 주체성의 품은 넓다. 그곳에는 강하고 센 여자, 야망 있는 여자, 진취적인 여자의 자리만 있는 것은 아니다. 작은 희망을 걸고 애쓰는 사람, 미약한 이에게 곁을 내주는 사람 영화 <꿈의 제인>, 의심하고 흔들리는 와중에 끝내 결단하는 사람 영화 <메기>, 모두가 안 될 것 같다고 말하는 일에 매달려보는 사람, 그래도 된다고 말하는 사람 영화 <야구소녀>이 있다. 이주영을 통해 섬세하게 직조된 인물들은 그렇게 동시대 여성들과 연결되고 공명하며 보다 풍성한 여성 서사를 만들어왔다.

그가 배우로서 새로운 막에 진입했음을, 다른 차원의 궤도에 올랐음을 보여준 건 영화 <메기>를 통해서였다. 불법 촬영 범죄와 데이트 폭력이라는 엄중한 소재, 낯선 연출과 독특한 미감 등 어우러지기 어려운 요소들을 매끈하게 그러모은 건 주연 배우 이주영의 역할이 컸다. 자신의 힘으로 한 영화를 짊어질 만큼 힘을 갖췄음을 증명했고, 작품 내내 스스로 얼마나 좋은 배우인지 구체적으로 확인시켰다. 이 영화로 이주영은 제23회 부산국제영화제에서 '올해의 배우상'을 수상했다. 이어 개봉한 <야구소녀>에서는 한국 4대 프로리그 중 여성리그가 없는 단 하나의 스포츠인 야구를 소재로 고교 야구팀의 유일한 여자 선수를 연기했다. "여자건 남자건 그건 장점도 단점도 아니에요" "사람들이 내 미래를 어떻게 알죠? 나도 모르는데"라는 대사를 듣는 순간 나는 그가 왜 이 영

184

화를 선택했는지 짐작할 수 있었다.

배우 이주영과의 대화는 영화 〈메기〉 개봉과 〈야구소녀〉의 부산국제영화제 공개를 앞두고 이뤄졌다. 〈우리집〉 〈82년생 김지영〉 〈벌새〉가 연이어 개봉했고, 〈메기〉 〈아워 바디〉가 뒤를 잇던 때였다. 여성 감독, 여성 주연의 영화로만 통칭하기에는 각각의 작품들이 하나의 카테고리로 묶이기 어려울 만큼의 차이와 개성을 지니고 있었기에 더 고무적인 때였다. 분위기만 느껴지던 변화의 조짐이 한두 해를 거치며 결과물로 터져 나오던 시기였으며 '돌이켜보면 그 모든 게 얼마나 근사했는지' 하고 반추할 좋은 날들이었다. 이렇게 용기 있고 도전적인 영화가 많이 만들어질수록 배우 이주영의 커리어는 더 찬란해질 것이라는 확신으로, 그가 이 변화의 주체자이자 최대 수혜자가 될 것이라는 기대로, 바로 지금이어야 한다는 생각으로 그를 만났다.

유선애 20~30대 관객 사이에서 '〈우리집〉 〈벌새〉 뛰고 2차로 〈메기〉 간다'는 분위기가 만들어지고 있어요. 이 흐름이 반갑고 좋을 것 같습니다.

이주영 참 신기해요. 여성 감독의 여성 주연 영화가 한 해에, 그것도 시기적으로 연달아서 개봉한다는 사실이 우연인가 싶다가도 좋은 방향으로 흘러가고 있는 것 같아서 기분 좋아요. 덕분에 동료 배우들이나 감독님들 볼 일도 많아지고, 서로 품앗이해주며 행사도 돕고. 서로 도우며 연대할 수 있다는 사실이 즐겁고 계속 이랬으면 좋겠다는 생각이 들어요.

여성 감독의 여성 주연 영화를 관객들이 오래 기다려왔다는 느낌이죠?

상영관에 가면 여성 관객도 많지만 남성 관객 역시 많이 찾아주시더라고요. 여성 감독의 다양한 여성 서사를 관객들이 원해왔구나, 여성 캐릭터의 새로운 면면들을 흥미롭게 보고 궁금해한다는 것을 새삼 느껴요. 이런 수요가 여성 배우로서 앞으로의 커리어에 실질적인 도움이 된다는 점에서 개인적으로도 좋은 일이지만, 이 모든 의미를 떠나 관객의 반응이 있다는 것만으로도 그에 대한 반가움이 더 커요.

영화 〈메기〉는 내내 믿음과 의심, 오해에 대해 이야기해요. 연기하며 이에 대해 정리된 생각이 있나요?

촬영을 하는 내내 '내가 지금 제대로 연기하고 있는 건가?'라는, 스스로에 대한 의심을 끊임없이 했던 것 같아요. 내가 잘 못하고 있는 것 같은데 감독님이 그냥 좋다고 하는 것 같고, 뭔가 다르게 해봐야 할 것 같은데 (구)교환 오빠도 괜찮다고 하는 것 같고. (웃음) 이런 종류의 자기 의심은 연기를 하는 마지막 날까지 계속될 의심일 것 같아요. 그렇지만 배우라는 일은 단지 의심만 가지고 할 수 없는 일 같거든요. 어느 정도 자신에 대한 합리적인 자신감은 있어야 해요. 의심과 믿음 사이를 조율하면서.

합리적 자신감을 구성하는 것들은 무엇인가요?

신뢰하는 사람들에게서 많이 얻는 것 같아요. 가까운 이들에게 앓는 소리를 할 때가 있는데 그때 이 사람들이 '잘하고 있다'고 해주면 '그런가 보다' 하고 조금 편해져요.

앓는 소리 하는 이주영 배우는 잘 상상되지 않는데요. (웃음) 때로 누군가의 말에 의지하는 것이 나약한 사람으로 비춰질 때가 있지만 사실 우리는 누구나 신뢰하는 이들의

격려와 지지를 받으며 한 번씩 털고 일어난 경험들을 가지고 있잖아요. 나 역시 사랑하는 사람들에게 기꺼이 그런 사람이 되고 싶고요. 그렇다면 이주영 배우는 어느 지점에서 오해받고 있는 것 같아요?

글쎄요. 제가 합리적인 자신감을 갖기 전까지는 '작품 관계자들이나 대중들이 나한테서 한정적인 이미지만을 보고 싶어 하는 건가?'라는 생각을 해본 적이 있어요. 나의 이런 모습을 자연스럽고 괜찮다고 느낀다면 이 모습만 보여줘야 하는 건가?라는. 하지만 저는 못 해본 것도, 앞으로 해보고 싶은 것도 무궁무진하게 많거든요. 내가 할 수 있는 것들은 일하는 동안 다 해보고 싶고요. 요즘은 또 생각이 바뀌었어요. 꼭 그렇지만은 않구나, 보고 싶어 하는 모습만 보려 하지는 않는구나라는 생각이 들어요. 영화와 드라마 가릴 것 없이 여자 배우의 캐릭터 폭이 넓어지고 있음을 느껴요. 제게 이런 역할을 시켜봐도 괜찮겠다라고 생각해주고 새로운 역할에 도전할 때 일단 좋게 봐주는 면도 있는 것 같고요. 내가 못 할 게 별로 없겠다는 생각을 요즘 많이 하고 있어요.

연극영화과를 졸업했지만 처음부터 배우를 목표로 대학에 입학한 건 아니었죠. 배우로 살아도 괜찮겠다는 생각이

처음 든 건 언제예요?

대학교 2학년 때 연극영화과로 전과해 졸업을 했는데요. '내가 연기를 해도 괜찮겠다'라는 믿음은 지금도 하루걸러 왔다 갔다 해요. 대학에서 연기를 배우고 외부 오디션도 보고… 하나둘 부딪히는 과정 중 저를 가장 힘들게 한 건 연기만 하면서 살 수 없다는 사실이었어요. 배우가 연기만으로 돈을 벌 수 있는 시기는 굉장히 늦게 오는 것 같아요. 그래서 저 역시 졸업 후 작품을 하는 와중에 아르바이트를 계속했었고요. 연기를 하고 있지만 나의 수입 대부분이 아르바이트에서 올 때 연기로 생계를 유지할 수 있을까라는 고민이 들 수밖에 없죠. 그렇다고 제가 뭘 그렇게 많이 갖고 싶어 하는 성향도 아니라서 의식주가 해결되고 가까운 이들과 사소하게 나눌 수 있는 정도만 되면 괜찮을 것 같거든요. 가늘고 길게 배우를 할 수 있었으면 좋겠고요. 그런 면에서 요즘 감사할 일이 많아지는 것 같아요. 1~2년 전만 해도 '제발 일하느라 잘 시간이 없었으면 좋겠다'는 말을 입버릇처럼 자주 했었거든요. 점차 이름을 알릴 기회가 많아지고 바빠지는 지금이 반갑고 좋아요.

배우 외적인 일로 생계를 꾸려왔던 경험 때문인지 〈춘몽〉

의 주영, 〈꿈의 제인〉의 지수, 〈메기〉의 윤영 등 배우 이주영 하면 견고하게 보이는 면이 있어요. 실제 모습이 작품에 얼마큼 투영되었나요?

많은 분들이 그렇게 봐주시는 것 같아요. 굉장히 친한 사람들조차도 내가 견고한 사람인 줄 알거든요. 견고하고 단단해 보이고 싶죠. 필요를 느낀다기보다 약해 보이는 걸 거부하는 게 습관이 된 것 같아요. 제가 누군가에게 기대는 성향이 아니다 보니 가까운 이들이 답답해하는 경우도 있고요. 이런 면이 연기할 때 어느 정도 투영되지 않나 싶기도 하고요.

노력해서 얻은 강한 척이 도움이 될 때가 있지 않나요?

예전에는 그렇게 생각했었던 것 같아요. 30대를 바라보고 있는 지금, 스스로 크게 변하고 있음을 느껴요. 돌이켜보면 사춘기를 유난스럽게 겪지 않았던 것 같아요. 그래서 뒤늦게 격동의 시간을 보내고 있는 게 아닐까 싶기도 하고요. 아직까지도 내가 어떤 사람인지, 어떤 변화를 만들어가고 있는지 내 눈으로 정확하게 들여다보지 않으면 매 순간 헷갈릴 정도로 다른 것 같거든요. 매일매일도 다르고, 하루 안에서도 시시각각 다를 때도 있고요. 저 역시 한없이 약해질 때가 있죠. 그 기간이 길지는 않았지만 내가 아무것도 하지 못하겠다고 느낀 때도 있었어요. 여느 때와 다름없이 한 걸음 한 걸음 나아가고 있던 중인데 특별한 일도 없이 갑자기 지치더라고요. 조금씩 쌓여 있던 것들이 순간적으로 폭발한 듯이요.

배우로서 입지를 다진 후에요?

1년 반 전? 그 시기를 견디기 위해 안 해봤던 것들도 해가며 노력해봤지만 결과적으로는 아무것도 하지 않고 시간을 흘려보내면서 지내니 괜찮아졌어요. 신기한 건 그런 힘든 순간이 내가 어떤 큰 타격을 받았기 때문에 겪는 것도 아니고, 치유되는 것 역시 큰 노력으로 해결되는 것도 아니라는 거예요. '모든 게 자연스러운 리듬이 있구나, 사람이.' 그걸 느낀 시기이기도 하고요. 물론 지금 또 엄청 좋다가 갑자기 한두 달 뒤에 힘들어질 수 있다는 것 역시 체득하고 받아들이게 됐어요.

여성이 20대에서 30대로 넘어가는 게 어떤 의미이길래 많은 이들이 혼란을 겪는 걸까요. 이를 주제로 한 작품들도 많고요. 근데 대단히 달라지는 건 없잖아요. (웃음) 여자에게 이렇게 나이 장벽을 칠 일인가 싶고요.

맞아요. 30대 언니들이 주변에 많아서 30대가 되

면 어떠냐고 물어보곤 하는데 힘든 시간을 겪은 건 저마다 다르더라고요. 또 누군가는 그렇게 힘들지도, 다르지도 않다고 말하고요. 나이가 뭐 그렇게 중요하겠어요. 자신이 어떤 상태로 사느냐가 중요하겠죠.

맞아요. 각자 시기만 다를 뿐 나는 어떤 사람인가에 대해 세밀히 관찰하고 서서히 깨닫게 되는 때가 있는 것 같고요.

저는 그때 내가 나를 좀 알아야겠다는 생각이 들더라고요. 나에 대해 너무 무지해서 이렇게 힘든 것만 같았거든요. '애니어그램'이라는 프로그램이 있어요. 10~15명이 소그룹으로 모여 대화를 하고 설문도 하면서 내가 어떤 유형의 사람인지, 나와 다른 유형의 사람은 어떤 사람인지 알 수 있는 일종의 성격 검사예요. 그걸 통해서 내가 이런 사람이기 때문에 지금까지 이렇게 살아왔다는 것을 새삼 깨달았어요. 때때로 나조차도 이해할 수 없는 내 모습에 내가 틀린 건가? 하고 의문을 갖기도 했고, 이렇게 해야 사람들이 나를 더 좋아해주지 않을까, 일이 더 잘 풀리지 않을까라는 고민도 있었거든요. 헌데 내가 이런 사람이기 때문에 이럴 수밖에 없구나 하고 납득하고 이해하는 시간을 가진 거죠. 그러면서 편해졌어요. 내가 나대로 사는 것에 죄책감을 느낄 필요가 없다는 걸 알게 됐어요.

나대로 사는 것을 고민하고 자신을 새롭게 발견하는 와중에도 꾸준히 주체적인 캐릭터를 맡아왔어요. 이는 동시에 이주영 배우가 주체적이고도 자발적으로 자신의 필모그래피를 꾸려왔다는 인상을 줘요.

이제는 좀 자연스러워야 한다고 봐요. 2011년부터 독립영화를 시작했고 다양한 작품과 캐릭터를 연기하면서 저 역시 때때로 어떤 시나리오가 좋은 시나리오인지 모르고, 어떤 작품이 좋은 작품인지 모른 채 그저 재미있겠다는 판단으로만 작품을 맡아온 적도 있어요. 배우들이 좋은 작품을 볼 줄 아는 눈을 키우는 것 역시 중요하지만 이제는 무엇보다 작품을 만드는 분들 역시 밝은 눈이 없으면 안 된다고 생각해요. 최근 들어 여성 배우들이 맡을 수 있는 다양한 캐릭터, 표현 가능한 스펙트럼이 점점 넓어지고 있음을 느껴요. 지금의 다양한 시도들이 곧 앞으로 10년, 20년의 큰 흐름을 만들어낼 것이라 믿고요. 지금 이렇게 달라지고 있고, 좋은 기류를 만들어내고 있다면 저와 제 또래 배우들이 할 수 있는 것들이 더 많아지지 않을까요. 그런 기대가 있어요.

지금까지 영화 속 여성 서사는 등장만으로 의미가 있었다면 이제는 더 다양한 여자들의 이야기가 필요한 시점인 것 같아요.

관객들의 수요가 크게 늘고 있다는 것이 객관적 수치로 보여지고 있으니까요. 많은 분들이 여성 캐릭터에 대한 다양한 이야기를 보고 싶어 하고, 실제로도 그런 작품들이 사랑받고 있잖아요.

좋아하는 여성 서사, 여성들의 세계를 아름답게 그린 작품이 있나요?

영화 〈무스탕: 랄리의 여름〉이요. 이야기 속 다섯 소녀들은 자신들의 세계를 둘러싸고 있는 감시와 억압의 시선에서 끊임없이 탈주하고자 해요. 당연하게 주어지지만 결코 당연하지 않은 자유와 권리의 쟁취에 관한 영화예요.

지금 한 명의 사랑하는 여성 배우를 꼽자면요?

배우 케이트 블란쳇을 너무 좋아해요. 그가 한 연기도 좋아하지만 사람 자체가 품고 있는 눈빛과 기운이 특별하잖아요. 보고 있으면 저런 눈빛과 기운을 갖고 싶고 사람들에게 좋은 영향을 주는 그의 느낌을 닮고 싶어요.

이야기 밖에서도, 영화 현장에서 이주영에게 힘을 주는 여성들이 존재하죠?

드라마, 영화 현장 할 것 없이 여성 스태프의 수가 많이 늘었어요. 체력적으로 힘을 써야 하니까 현장에는 남자가 필요하다는 말에 저 역시 '그런가?' 하며 동의했던 적도 있어요. 하지만 막상 일해보면 우리가 못 드는 장비를 들 일이 있는 것도 아니고요. 이제는 많은 사람들이 덮어놓고 남자가 반드시 필요하다고 하진 않죠. 현장에 여자 스태프들이 많으면 그렇게 반갑고, 존경스럽고 감사해요. 그래도 힘들어 보이면 걱정되기도 하는데 그건 어디까지나 여자이기 때문에 힘든 게 아니라 남자도, 여자도 다 힘든 게 촬영 현장이니까. 잘 버텨주었으면 좋겠다, 그래서 몇 년 뒤에 조명 감독, 촬영 감독으로 만났으면 해요.

삶 속에서 되고 싶고,
기꺼이 사랑하게 되는
여성의 모습이 있다면요?

모든 여성들은 제 모습 그대로 충만하게 사랑받을 자격이 있다고 생각하지만, 특히 입장이 다른 타인의 말에 귀 기울이고 대화할 수 있는 자세를 지닌 사람을 보면 동경하게 돼요.

(이주영)

배우의 삶 속에서 여성임을 인지할 때는 주로 언제인가요?

특정 사건이 있다기보다 시나리오나 대본 제의가 왔을 때 남자 캐릭터는 너무 재미있고, 작품 안에서 할 수 있는 일이 많은 것 같은데 제가 제안받은 여자 캐릭터는 부수적이고 장치적으로 활용되는 역할이라고 느낄 때죠. 표현할 수 있는 폭이 너무 좁아서 누가 해도 별반 다르지 않을 것 같을 때, 이 이야기에서 성별만 바꾸면 참 재미있지 않을까라는 생각이 들 때 아쉽죠. 저는 제가 여자인 게 너무 좋거든요. 근데 내가 여자 배우인 것도 좋나?라고 생각해본다면….

음… 그리고 어떤 이들에게 이주영 배우는 '여성스럽지 않은' 배우이기도 하죠. 여성스럽다라는 말에 대해서 생각해본 적 있나요?

여전히 여성스러운 게 뭔지 모르겠어요. 많은 이들이 여자 배우라면 가져야 할 덕목에 대해 서슴없이 이야기하잖아요. 그 덕목에 대해 항상 의문을 가지게 되고요. 여성스럽다 혹은 여자 배우의 덕목에 부합하는 어떤 특성들이 모든 여자 배우에게 적용돼야 한다면 그거야말로 너무 재미없는 거 아닌가요? 배우와 별개로 성별과 관련한 형용사를 듣게 될 때마다 '그건 뭘까?' 싶고요. 여자든 남자든 자기의 매력이 있는 건데. 나부터라도 사용하지 않으려고 주의하죠.

재정의한다면 어떤 의미를 더 부여하고 싶어요?

(한참 생각한 뒤) 이런 것에 고민한다는 것 자체가 제가 이미 그 함의에 너무 익숙해져 있다는 것일 텐데요.

사멸해야 할 표현이겠죠.

이렇게 생각이 안 날 수가.

대화를 나눠보니 배우로 살면서 자주 마주하는 상황과 듣게 되는 말들이 있을 것 같다는 생각이 들어요.

이건 좀 다른 대답일 수 있을 것 같은데요. 그런 것 같아요. 배우라는 직업이 아니었다면 고정된 인식들로부터 조금 더 자유로울 수 있을 것 같은데요. 이 업계에서 일을 하고, 어떤 역할로서 작품에 임할 때 어느 정도 요구되는 이미지가 있고, 이를 완전히 무시할 수는 없는 것 같아요. 배우는 반드시 자기가 하고 싶은 역할만 할 수 있는 게 아니니까요. 예를 들어 광고를 찍게 된다면 광고가 원하는 이미지를 구현하고 표현해내야 하잖아요. 많은 이들이 호감을 느끼는 특정한 상이 있고요. 저는 이 일을 계속

하고 싶고, 해야 하고, 해나갈 사람이니 스스로 납득할 수 있는 수준에서 할 수 있는 일이 있다면 요구받는 이미지에 어느 정도 맞춰야 한다는 생각도 있어요.

요구받는 이미지란 외적인 요소, 즉 외모나 매력 자본인 경우가 많겠죠?

그렇죠. 때론 배우에게 외적 평가가 연기력 같은 다른 요소보다 더 전면에 서기도 하잖아요. 아무래도 배우뿐 아니라 연예인은 보여지는 직업이기 때문에 외적 요소를 무시할 수는 없어요. 그래도 다행인 점은 해를 거듭할수록 미의 기준이나 매력의 척도가 천편일률적이지 않고 다양해지고 있다는 거예요. 실제로 그런 변화를 체감하고 있고요.

가치 평가가 자주 바뀌는 이곳에서 자신을 붙들고 온전히 서 있는 일이 무엇보다 중요할 것 같다는 생각도 듭니다.

자기 중심을 잡는 일, 그게 배우라는 직업의 전부인 것 같아요. 중심만 있으면 뭐든 하고 싶고 할 수 있을 것 같고요. 모든 일이 그렇겠지만 특히 배우라는 직업이 직장에서의 진급처럼 개인적 성취나 목표에 대한 객관적 수치가 없잖아요. '내가 이 정도 했으면 지금 나는 어디쯤

"

최근 들어 여성 배우들이
맡을 수 있는 다양한 캐릭터와
표현 가능한 스펙트럼이
점점 넓어지고 있음을 느껴요.

지금의 다양한 시도들이
곧 앞으로의
10년, 20년의 큰 흐름을
만들어낼 것이라 믿고요.

지금 이렇게 변하고 있고
좋은 기류를 만들어내고 있다면
저와 제 또래 배우들이
할 수 있는 것들이
더 많아지지 않을까요.

"

와 있는 거지?' '이렇게 하는 게 잘하고 있는 건가?' 하는 의심도 자주 들 수밖에 없는 직업이고요. 주변의 같은 일을 하고 있는 친구들 사이에서도 계속해서 성취가 달라지고, 그게 달라진다고 해서 지금 누가 더 잘하고 있다고 이야기할 수 있는 부분도 아니니까요. 그러다 보니 내 중심을 잡고 있는 것, 그 자체가 이 일을 할 때 가장 필요한 부분 같아요. 저는 질투가 없는 편인데 때때로 주변 배우 친구들을 보면 질투가 날 때가 있어요. 저 친구는 나보다 더 잘하고 있는 것 같고, 나는 뒤처지는 것만 같고요. 헌데 반대로 그 친구는 저에 대해 부러워하는 면들이 있고요. 서로가 서로에게.

중심을 잡으려면 매 순간 깨어 있고 각성해야 하는 건데 가능한 일인가 싶어요.

저도 그게 정말 어렵거든요. 그래서 먼 미래를 안 보려고 해요. 내가 이렇게 하다가 5년, 10년 뒤에는 무엇이 되어 있을까라고 생각하는 순간 힘들어지니까요. 예측한 대로 안 되어 있을 수도 있는 거고, 뭐가 될지도 모르겠고요. 사람들이 많이 알아보는 유명한 배우가 되면 행복해질까? 돈이 막 너무 많아지면 행복해질까? 둘 다 제가 바라는 바는 아니에요. 그러니 지금처럼 하루하루, 하나씩

해나가는 일들에서 최대치의 행복을 느끼려고 해요.

이주영을 참지 못하게 만드는 일이 있다면요?

인간과 동물을 막론하고 약한 존재에 대한 무시와 공격만큼은 참기 힘들어요. 사람과 사람 사이에서 벌어지는 일 역시 마찬가지고요. 동물 학대 범죄는 조금도 이해할 수 없고요. 인간의 탈을 쓰고 어찌 그럴 수 있는지 너무 화가 나요. 동물 학대를 막을 제도가 없다는 사실과 그 상황 속에서 제 자신이 무력하게 느껴지기도 해요. 약자에 대한 예의, 동물권 존중에 대한 발언을 계속 한다고 해서 그 일을 전부 막진 못하겠지만 적어도 배우로서 좋은 영향력을 미칠 수 있는 곳이 있다면 제가 사용되었으면 좋겠어요.

이주영에게 강함은 어떤 의미예요? 강한 사람인가요?

영화 〈메기〉 촬영 초반까지만 해도 뭔가 다 내가 감당해야 할 것 같다는 생각에 좀 힘들었어요. 내 몫을 내가 잘 해내야 한다는 압박이 있었거든요. 근데 점차 촬영을 하면서는 이게 나만의 작품이 아니라는 것, 이렇게 많은 사람들이 함께하고 있고, 나의 부족한 부분을 누군가가 채워줄 수 있다는 걸 느끼게 됐어요. '아, 내가 왜 이렇게 못하지, 내가 못한 걸 내가 다 해결해야 돼' 했지만 내가 못하면 다른 사람들이 해줄 수도 있는 거더라고요. 어떤 작품 그리고 어떤 관계 속에서 내가 모든 걸 다 하려고 하지 않아도 된다는 것을 최근 들어 배웠어요. 나 혼자 강해지려 하기보다 곁의 사람들과 함께 해나갈 수 있는 능력을 지닌 것이 진짜 강함이라는 생각이 이제야 조금씩 들어요.

온갖 무례와 간섭을 뒤로하고 인간 이주영으로 살아가는 데 가장 필요한 것은 무엇인가요?

연기를 하고 배우를 직업으로 삼는 이유나 계기에 대해 많이 생각해보지 않았던 것 같아요. 다만 연기할 때 가장 즐거우니 계속할 것 같다 정도의 추측을 할 뿐이죠. 확실한 것은 내 강아지와 아주 오래오래 행복하게 살고 싶다는 거예요. 요즘 제가 일하는 큰 이유 중 하나가 강아지예요. 사랑만으로 강아지를 돌볼 수는 없으니까요. (웃음) 내 강아지와 가족, 주변 사람들에게 좋은 것, 맛있는 것 주고 먹이고 싶은 마음. 이런 욕구가 들 때마다 열심히 일해야지 하고 생각해요.

오늘을 떨치고 내일로 가는 힘은 어디에서 나오나요?

이상한 대답일 수 있는데요. (웃음) 저는 힘들게

뭔가를 하거나 일을 한 뒤에 먹는 걸로 치유를 많이 받거든요. 되게 별거 아닌 것 같은데 그날 하루가 너무 힘들었어도 맛있는 거 먹고 나면 언제 그랬냐 싶게 다 사라지더라고요. 사람이 참 원초적인. (웃음) 이 세상에 맛있는 음식이 계속 만들어지고 제가 치아만 튼튼하게 유지한다면 매번 치유받고 회복하며 살지 않을까요?

"

나이가
뭐 그렇게
중요하겠어요.

자신이 어떤 상태로
사느냐가
중요하겠죠.

"

매일매일도 다르고, 하루 안에서도 시시각각 다르다는 그의 말처럼 두 시간 남짓한 대화 안에서도 배우 이주영은 변화했다. 창밖의 풍경이 바뀌듯 골똘하다가 환해지기를 반복했다. 골똘할 때는 '글쎄요' 하고 오래 생각했고, 생각을 정리하고 나서는 반짝 환해지며 '알게 됐어요' '느끼게 됐어요'라고 대답을 마무리했다. 그가 품었던 여백과 그사이 알게 되고 느끼게 된 것들 덕분에 대화에는 윤기가 흘렀다.

배우 이주영은 몇 년 사이 번민과 자괴를 건너왔음을 불현듯 툭 털어놨다. 그때 그가 선택한 것은 자신을 천천히 다시 읽는 것이었다. 어떤 날은 내밀히 들여다보기도 하고, 다른 날엔 멀리서 관조하기도 하며 시간을 흘려보냈다. 그리고 그 과정에서 "내가 나대로 사는 것에 죄책감을 느낄 필요가 없다"는 답을 얻게 됐다고 말했을 때 나는 놀랐다. 나를 제일 잘 아는 자가 나 자신이니 두려울 것 없다는 듯, 일말의 후회는 없다는 듯한 그의 단단한 얼굴을 바라봤고, 그 얼굴을 오래 기억하게 될 거라 확신했다. '후회 없음'이 자력으로 인생을 설계해온 자기 삶의 주인만이 누릴 수 있는 보상이라면, 그날의 이주영은 조금 홀가분해 보였다.

이번 인터뷰에 끝내 싣지 못한 대답이 하나 있다. 이주영은 "어떤 상황에서도 소신대로 기꺼이 행동할 때 자신이 가장 아름답다"고 했다. 인생의 중차대한 순간에 주장하는 것만이 소신은 아닐 것이다. 일상의 사소한 틈 사이에서도 소신과 용기는 발휘된다. 특정 단어를 사용하지 않겠다고 조심하는 것, 다른 이의 말을 경청하기 위해 고쳐 앉는 것, 함께 생각해보자고 말을 거는 것, 자신보다 약한 존재들에게 눈길을 거두지 않는 것, 불의와 불합리에 대해 쉽게 용납하거나 관대해지지 않으려는 것, 필모그래피의 한 결을 만들어내는 것까지 모두 그의 소신 안에 포함돼 있을 것 같다.

그래서 기대된다. 많은 배우들이 공통적으로 이야기하는 좋은 사람으로 사는 것이 연기에 도움이 된다는 말, 어차피 살아오면서 쌓인 재료가 연기에 쓰인다는 말, 자기가 갖고 있지 않은 것은 어떤 역할을 맡는다고 해서 금방 나오는 게 아니라는 그들의 연기 지론에 따르면 이주영은 살아갈수록 더 좋은 모습으로 우리 앞에 설 것만 같아서다.

2019년 10월호 〈마리끌레르 코리아〉 인터뷰와 한 차례의 추가 인터뷰를 바탕으로 새롭게 작성했습니다.

1990 ——————— 사이클 선수

김원경

"

신기록을 세우기 위한
6년 동안
부상도 많았지만

그때마다
다시 사이클을 타고
다시 탔어요.

그때 조금
안 것 같아요.
내가 강하다는 것을.

"

열세 번의 단거리 종목 대회신기록을 세우고, 네 번의 한국신기록을 보유한 사이클 선수. 고등학교 1학년 때 사이클을 시작해 스무 살 이후 실업팀 선수로 있는 동안 2008년부터 2018년까지 국가대표선수로 뛰었고, 2020년에 다시 국가대표선수팀에 합류했다. 2014년 제17회 인천 아시안게임 사이클 여자 단체 스프린트 은메달, 2018년 제18회 자카르타-팔렘방 아시안게임 사이클 여자 단체 동메달 등 국제 대회에서 의미 있는 성적을 거뒀다. 22년째 운동을 하고 있지만 운동선수가 본인 인생의 전부는 아니라고 말한다.

최대 시속 71km, 최대 심박수 200BPM. 김원경 선수가 촬영한 훈련 영상 속 숫자들이다. 8월의 대구, 37도의 더위 아래 이날 선수들은 160km, 대략 서울에서 대전까지의 거리를 달린다. 영상이 시작된 지 얼마 지나지 않아 최대 경사도 13%의 오르막길이 등장한다.^{일반 도로 최대 경사도는} _{12%이고, 대관령의 경사도는 9.8%이다.} 누군가의 거친 숨소리가 점차 흐느끼는 소리로 바뀐다. 힘내라는 말조차 전할 수 없는 시간. '꾸준히' '쉬지 말고' 구령을 넣던 코치도 이 순간만큼은 말이 없다.

김원경 선수는 운동선수로 사는 것을 두고 '매일 고통을 선택하는 삶'이라고 말했다. 초등학교 2학년 때부터 육상을 했지만 단 한 번도 개인전 예선을 통과해본 적 없는 '비전 없는 선수'였던 그는, 고등학교 1학년 때 여자 선수가 부족했던 사이클로 종목 전향을 권유받는다. '키가 작고 뚱뚱하다'는 것이 그 이유였다. 고민 끝에 그는 자신의 잠재력과 가능성에 한 번의 기회를 더 주기로 한다. 자격과 재능에 대한 의심은 거두고서. 떠밀리듯 자전거에 올랐지만 두 바퀴를 힘 있게 밀고 나간 건 다름 아닌 그 자신이었다.

1년 동안의 적응 훈련을 마친 김원경 선수는 500m 단거리 독주 한국신기록을 네 번이나 갱신하는 유망주로 다시 태어났다. 2006년 그가 처음으로 1위를 했던 기록은 38초 200. 10년 뒤인 2016년 올림픽 국가대표선발 평가전에서 자신의 기록을 4초나 앞당긴 34초 167로 한국신기록을 세운다. 인터뷰마다 비결을 묻는 질문에 그는 '매일'이라고 답한다. 매일 같은 시간, 매일 같은 규칙 속에 자신을 밀어 넣는 것 말고는 다른 방도가 없다는 듯. 매일의 반복이 축적돼야만 간신히 어제보다 나아질 수 있는, 오직 믿을 수 있는 것은 훈련량뿐인 정확한 인과응보의 세계에서 김원경은 매일 0.000001초씩 빨라졌다. 그러다 어느 날엔 느닷없이 0.1초씩 느려지기도 하고, 가까스로 다시 제 속도를 찾기도 하며.

　　그는 "나만 잘 타겠다고 꽁꽁 숨기고, 도둑 훈련하던 시절도 있었어요. 그런데 이제는 나 혼자 잘 타는 거에 큰 욕심이 없어요"라고 말한다. 그 실천으로 유튜브 채널 〈사이클 선수 김원경〉과 블로그 '자전거 타는 마리'를 운영하며 운동 방법, 정서 관리, 부상과 회복 등에 대한 노하우를 나눈다. 몸과 마음을 잘 사용하는 것에 대해서도 이야기한다. 어느 때보다 몸에 대한 담론이 활발한 지금, 동시대 여자들이 그의 이야기를 듣고, 그를 본다.

　　이제 여자들은 안다. 내 몸은 예쁘게 '보여져야' 할 것이 아니라 세상을 잘 살아내기 위해 가장 먼저 갖춰야 할 필수 장비임을. 승모근이 어떻고 허벅지가 어떻느니 같은 소리에 주저할 것이 아니라 어제보다 나은 내가 되기 위해선 근육이 필요하다는 것을. 버티는 것만이 답인 때인 어떤 날에 나를 곧게 세워두는 건 정신력도 의지도 아니고 복직근, 복횡근, 복사근, 기립근, 둔근이라는 것을. 순발력, 집중력, 창의력, 노오력 등 세상의 모든 '력' 중의 '력'은 체력이라는 것을 잘 안다.

이 좋은 걸 왜 이제 알게 된 걸까. 운동장 구석에서 적당히 피구나 하게 했던 체육시간이, 소녀를 청순가련하고 새하얗게만 표현해온 대중문화가, 덩치 좋은 여자, 힘센 여자, 기운찬 여자에 대한 유난스러운 반응들이 몸을 작게 쓰게 했다는 걸, 꿈도 왜소하게 꾸게 했다는 걸 왜 서른이 다 돼서야 알게 된 것일까.

일찍이 이 모든 기이한 허들을 뛰어넘으며 살아온 김원경은 '운동하는 여자'로서 말한다. "남들이 이야기하는 것들 다 최면이에요. '너는 그런 사람이잖아' '원래 네 성격은 안 그렇잖아' 하는 말들이 결국 내게 거는 최면 같아요. 근데 다른 사람들이 만든 최면의 총합을 자기라고 착각하기 쉽잖아요. 바깥으로부터의 최면을 차단하는 것이 가장 먼저 해야 할 일 같아요. 각자 가지고 있는 힘을 충분히 사용했으면 좋겠어요."

유선애 전국체전 끝난 지 2주가 지났죠. 시합을 앞둔 훈련 기간에는 하루를 어떻게 쓰나요?

김원경 7시에 일어나 20분 명상하고, 아침 식사 후 8시부터 11시까지 훈련해요. 그리고 점심 식사 후 2시부터 6시까지 다시 훈련하고요. 저녁 식사하고 잠시 쉬었다가 조깅이나 코어 훈련 등 야간 개인 운동을 하고 10시에 자요. 1년 중 9개월을 이렇게 보내고요. 나머지 3개월은 체력 올리는 동계 훈련을 해요. 시합이 끝나면 일주일 정도 휴식을 취합니다. 개인적으로 가벼운 운동을 하면서요.

짧게 쉬는 동안 가장 하고 싶은 건 뭐예요?

눈 뜨고 싶을 때 일어나고, 먹고 싶을 때만 먹는 거요. 먹고 싶지 않을 때도 먹어야 하는 게 고통이거든요. 근데 이것도 심리적으로 단단하면 견디게 돼요.

김원경 선수에 대해 찾아보니 개인 기록을 4초 단축한 것에 대한 이야기가 많더라고요. 사이클 종목에서 4초 단축은 어떤 의미예요?

눈 깜짝 하면 지나가는 4초인데 선수에게는 다시 태어나야 가능한 단축이라고 할 만큼 기량 차이가 크죠. 게다가 저는 사이클을 고등학교 1학년 때 시작했는데 남

216

들보다 늦게 시작한 편이라 4초 단축의 의미가 더 남다르게 여겨지는 것 같아요.

3년 동안 훈련하고 국가대표로 선발되는 것도 이례적인 일이죠?

그렇긴 한데 돌아보면 육상 선수 시절에 다졌던 기초 체력과 그때의 훈련들이 뿌리를 내려 뒤늦게 싹을 틔운 게 아닐까 생각해요. 정작 육상 선수 시절에는 늘 개인전 예선 탈락을 하면서 한 번도 성과를 내본 적이 없었거든요.

지금은 편하게 이야기할 수 있지만 예선 통과조차 못하던 시절에는 운동을 계속해야 하나 고민도 많았을 것 같아요. 그때의 시간이 밑거름이 된다는 걸 당시에는 알 수 없잖아요.

그렇죠. 수백 번 그만두고 싶었죠. 자괴감도 많이 들고 자존감은 바닥이었어요. 비교도 많이 당했고요. 열등감이 비교에서 오잖아요. 시기, 질투도 많이 하고, 남 눈치 많이 보고, 욕도 하고. 시선이 다 밖을 향해 있었던 것 같아요. 그 시선이 내면으로 향하도록 노력했어요. 명상의 도움도 많이 받고, 책도 많이 읽으면서 '나'를 알아가니 세상에 질투할 게 없더라고요. 난 그냥 나니까요.

깎여나간 자존감이 회복되고 있다는 느낌, 허약했던 내면이 단단해지고 있다는 감각은 언제 처음 느꼈어요?

계기라고 하면 2014년도 인천 아시안게임이 생각나는데요. 경기를 며칠 앞두고 시합용 자전거를 끌고 내리막을 가는데, 뭐가 크게 걸렸는지 자전거가 퉁퉁 튀는 거예요. 국제 대회가 얼마 남지 않았을 때라 시합용 자전거를 놓치면 안 됐거든요. 근데 자전거를 포기하고 몸을 지켰어요. 내 몸이 다칠지언정 무리해서라도 그 순간에 자전거를 지키려고들 하는데 저는 그때 내 몸이 다치면 안 된다는 생각이 먼저 들더라고요. 결국 시합 자전거가 부러졌고 주변에선 어떡하냐 난리가 났는데도 '일단 내 몸이 안 다쳤으니 다행이고, 자전거는 어떻게든 되겠지'라고 생각했죠.

시도하는 게 아니라 포기하는 과정에서 자신이 단단해졌다고 느꼈다는 거네요.

이미 부서졌잖아요. 감독님에게 혼나도 어쩔 수 없다고 생각한 거죠. 자전거 부러지면 정말 엄청나게 혼나거든요. (웃음)

담력이 세지면서 점점 자신이 강해지고 있음을 깨달았을

것 같아요. 자신이 상상하는 것 이상으로 준비된 사람이
고, 강한 사람이라는 것을요.

사이클을 시작하고 네 번째 한국 신기록을 세운
날인데, 그게 6년 만에 깨진 기록이었어요. 근데 그 전까
지는 제가 그 기록 언저리에도 못 갔거든요. 몸은 일찍이
준비가 돼 있는데 정신이 '너는 이제 안 돼' 하고 나를 붙
잡았던 것 같아요. 그때부터 몸이 하라는 대로, 몸의 말을
따라 많이 내려놨어요. 신기록을 세우기 위한 6년 동안
부상도 많았지만 그때마다 다시 사이클을 타고, 다시 탔
어요. 그때 조금 안 것 같아요. 내가 강하다는 것을.

**이번 전국체전에서 메달을 땄으면 5연패 기록을 세울 수
있었던 건데 잘 안 됐잖아요. 결과가 아쉽진 않았나요?**

아쉽죠. 경기 운영 면에서 아쉬운데 운영에 대한
아쉬움이 생기는 건 제가 급했기 때문이거든요. 그건 곧
준비가 덜 돼 있었다는 거고, 내 기준에서 보면 몸이 완성
돼 있지 않았다는 거예요. 내년을 준비하는 데 되게 부담
없는 성적이잖아요. 좀 더 열심히 준비해보려고요.

**한계를 뚫고 자신을 갱신하는 노력을 거듭한다 해도 결과
를 확신할 수 없다는 점에서 운동선수라는 직업이 참 멋지**

기도 하고 가혹하기도 합니다.

체력적인 것 외에도 감정적으로도 극한을 오가는데 이걸 견뎌야 해요. 이번 체전의 단체전에서 한 친구가 너무 긴장한 나머지 바퀴가 잠깐 쓸렸어요. 그 바람에 저희가 1등으로 달리고 있다가 6등으로 밀려났거든요. 경기 끝나고 그 친구가 엄청나게 울면서 미안해하는데 운동선수라는 직업이 새삼 너무 무섭다는 생각이 들더라고요. 동시에 스물한 살의 나이에 이런 상황과 감정을 겪어내고 느낄 수 있다는 게 어떤 면에서는 그 무엇으로도 바꿀 수 없는 자산이겠다 싶고요.

최선의 기록을 위해 자기 절제와 훈련을 거듭하고 이후 결과에 대해 초월하려는 태도는 신의 영역같이 느껴져요.

당연히 저도 성과만 바라봤던 때가 있었죠. 결과만 중요하다고 생각했고요. 그러니 메달 못 따면 다음 날 죽는 줄 아는 사람이었어요. '아, 나는 내일 아침에 일어나면 안 되는구나' 하고요. 은메달, 동메달도 용납 안 됐고요. 메달과 나를 동일시한 거죠. 스스로를 몰아세우고 쫓기듯 살았어요. 7~8년 동안 365일 중 300일은 늘 쫓기는 꿈을 꿨거든요. 그때는 그게 당연하다고 생각했는데 지금 돌이켜보면 제가 불쌍해요. 심리적으로 흔들리니 건

지도 못할 정도의 부상을 당하기도 하고, 실력은 바닥을 치더라고요. 그러다 문득 내가 아시안게임 메달을 땄던 순간보다 부상을 어떻게 이겨냈는지, 그 극복 과정을 더 선명하게 기억하고 있다는 걸 알게 됐어요. 그리고 나중에 할머니가 됐을 때 손녀에게 '내가 메달 몇 개 땄다'라고 말하기보다 '내가 그렇게 힘들었는데 이겨냈다'는 이야기를 해줄 것 같단 말이에요. <u>메달 개수만 목적이고 내 삶인 게 아니라, 결과를 포함한 이 모든 과정이 내 삶이라고 생각을 바꾸니까 마음이 좀 편해졌어요. 완벽하게 편해졌다기보다 계속 싸우고 있어요. 삶은 곧 과정이라는 생각의 에너지를 점점 키우면서요.</u> 그렇지만, 그럼에도 잊지 말아야 하는 건 프로 선수는 자기 결과와 기록에 책임져야 한다는 거예요. 과정이 훌륭했다고 정신승리하지 말고 기록과 결과로 내 이름과 팀, 연봉에 대해 책임져야죠.

극복해오며 살아온 삶, 한 단계씩 끌어올리는 삶의 경험이 무엇을 남긴 것 같아요?

저 스스로는 시작이 좋다고 생각해요. 하면 되는구나 하는 자신감이 있으니 이후에 무엇을 시작하게 되더라도 두려움이 없어요. 20년 넘게 운동하면서 자신감 하나 얻었죠. 저는 사람이 태어나면 크든 작든 태어난 이유가 다 있다고 믿어요. 왜 사명감이라고 하잖아요. 우리 스스로 찾지 못하는 것일 뿐이지. 나를 계속 써보고, 사용하면서 한 단계씩 레벨업 하는 경험에서 나를 알아가는 것 같아요. 스스로 객관화하면서 이거 하면 재미있니? 재미없지? 하면서 나를 키워나가는 거. 그 경험이 각자의 사명감을 깨닫게 하는 것 같아요.

운동을 하면 내 몸의 주인이 나라는 자각을 분명히 하게 된다고 하잖아요. 선수님도 그런가요?

그렇죠. 내 몸을 스스로 통제할 수 있다는 자신감은 운동으로 만들어지는 게 맞아요. 운동을 하면 나의 모든 것이 온전히 내 것임을 알게 돼요. 내 몸은 내가 평생 지니고 살아야 하는 거잖아요. 예뻐해주고 사랑해야 하는데 사람들은 '뚱뚱하다' '여기가 부각된다' 하면서 자신의 몸을 평가하기도 해요. 어떤 기준에서 왜 그런 말을 하는지 모르겠어요. 평생 같이 지내야 하는 내 몸이 그런 말을 들으면 좋아할까요?

몸의 형태에 대한 사회적 기준에 자꾸 자신을 끼워 맞춰보게 되니까요.

저도 유튜브 영상에 '허벅지 진짜 두껍다' 같은 댓

글 달리거든요. 운동을 시작한 아홉 살 이후부터 지금까지 쭉 '튼튼하네, 몸 좋네' 같은 말을 들었잖아요. 저는 제가 힘세고, 몸 좋은 거 인정하기 때문에 '어, 그렇지, 맞지' 하고 살아요. 글쎄요… 저도 제 몸에 긍정하지 못할 때도 있었죠. 팔뚝과 허벅지가 되게 두꺼운데 옷 입을 때 이걸 어떻게 숨겨야 하나 했으니까요. 근데 거울을 볼 때 내 시선, 내 기준 안에서 불편하지 않으면 되지 않을까요. 저는 다른 사람이 봤을 때 난해하다고 하는 옷, 저한테 안 어울리는 옷도 많이 가지고 있는데 그냥 그 옷을 좋아하니까 입고 나가요. 나중에 후회할지언정 그 당시에 나는 당당했고, 행복했으니까.

그러면 좋겠지만 자신에 대한 긍정이 한순간에 만들어지는 게 아니잖아요. 몸에 대한 생각을 바꾸는 데 도움이 된 것이 있나요?

계기가 있었다기보다 자연스럽게 변했어요. 내가 상처받고 다치지 않는 방법을 늘 선택하다 보니 몸에 대해서도 이렇게 생각하는 게 더 편하고 이롭다는 걸 깨닫게 됐고 습관이 된 것 같아요. 그리고 이 일에는 한 사람이 필요해요. 친구나 부모 그 누구든 내가 믿는 사람, 내가 좋아하는 사람이 나를 계속 긍정해주면 나 역시도 점점 나에 대한 태도를 바꾸게 되더라고요.

몸에 대한 평가가 만연한 사회에서 여자 운동선수로 사는 건 여러 의미에서 **특별할 것 같습니다. 특별하길 원치 않더라도요.**

그렇죠. 여자 선수는 어떤 그룹에 가도 주목을 받는 것 같아요. 이 직업 자체를 신기해하고 몸을 궁금해하고요. 보통 직업을 물어볼 때 선수라고 하면 엄청 놀라면서 '운동선수 같지 않다, 그렇게 안 보인다, 왜 이렇게 날씬하냐' 같은 말을 해요. 그 말이 칭찬이라고 생각해서 하는 말인지 모르겠지만 저는 그 의미가 정말 궁금해서 '운동선수 같은 건 뭐죠?'라고 되묻는단 말이에요. 여자 운동선수 하면 떠오르는 어떤 이미지가 있겠죠. 붉으락푸르락하고, 세고, 맨날 운동복만 입고 다닐 것 같고, 무식하고. 근데 제가 남자 선수였으면 그런 외모 평가는 받지 않았을 것 같아요. 그냥 '멋있다' 하겠죠. 남자 운동선수라고 하면 멋있다고 생각하고, 여자 운동선수라고 하면 무섭다고 생각하는 게 늘 의문이었죠.

자신보다 큰 근육을 가진 여자들을 두고 밑도 끝도 없이 무섭다고 하는 것 같아요. 여자들은 근력 운동을 해도 승모근이 발달하면 안 되고 어깨가 넓어지거나 허벅지가 굵어지면 안 된다는 말을 들어왔잖아요. 무서워 보이면 안 되니까. (웃음)

성별과 상관없이 사람마다 타고난 신체 조건이 다 다르잖아요. 저는 가슴 운동을 안 해도 가슴 근육이 잘 발달된 편이고, 대퇴부도 마찬가지예요. 운동 안 해도 살아 있거든요. (웃음) 근데 등쪽 라인, 뒷근육과 삼두는 아무리 노력을 해도 근육이 잘 안 붙어요. 키우려고 해도 안 되거나, 키우지 않으려고 해도 커지는 부위가 사람마다 달라요. '나는 왜 이렇게 태어났지?' '왜 나에게 이런 걸 안 준 거지?' 싶은 신체 부위들이 있지만 타고나길 다르다고 인정한 후에는 편해졌어요. 이대로 함께해줘서 고맙다고 생각하는 거죠. 특히 샤워할 때 '니 오늘 고생했다, 니 때문에 밥 벌어 먹고산다, 고맙다' 하고 다독여주고. (웃음) 물론 지금 제가 기분이 좋은 상태라 그런데요. 안 좋을 때는 부정적인 생각도 들죠. 무너질 때는 그냥 무너져요. 무너져서 생각해보고 글로 쓰고 영상 만들면서 다시 자신을 올려 세워요. 어떻게 강하게만 살 수 있겠어요. 그럼 로봇이지.

'무너질 때는 그냥 무너져요'라는 말 너무 와닿는데요. 운동 선수로 살면서 겪었던 실패와 재기, 상처와 회복에 대한 경

"

성취감이라는 게
중독적이에요.

한 번 맛보면
그 희열이 너무 커서
그 맛을 계속 보려고
자기 절제를 하게 돼요.

그 즐거움을
맛봤으면 좋겠어요.

"

험을 개인 유튜브 채널과 블로그에서 나누고 있어요. 앞으로 어떤 이야기를 계속 하고 싶어요?

제가 처음부터 잘 풀린 케이스는 아니잖아요. 육상 선수 시절의 성적이나 가정 형편 등 좋은 조건은 아니었음에도 불구하고 나도 했으니 당신도 할 수 있다는 희망적인 이야기를 하고 싶어요.

여성 팬이 많죠?

DM이나 메시지가 가끔 와요. 멋있다고, 어떻게 하면 그렇게 생각할 수 있느냐고 물어보세요. 누군가를 멋있다고 표현하는 건 본인 역시 건강하고 멋있기 때문에 남에게 그런 이야기를 할 수 있는 거라고, 그러니 본인도 분명히 건강하고 멋있는 사람일 거라고 답장하죠.

어쩌면 DM을 보내는 여성들 중에는 예선 탈락만 하던 시절의 선수님 같은 상황을 겪고 있는 분들도 있을 것 같아요. 그때의 나에게 해주고 싶은 말이 있나요?

조금만 견뎌보라고 말하고 싶어요. 조금만 견디면 자기 때가 온다고요. 다른 일과 마찬가지로 운동 역시 힘들고 성과도 성취감도 없을 때가 많아요. 중간중간 선물이 없어요. 선수에겐 그게 메달인데 모두에게 주어지는 건 아니잖아요. 그 갈림길에서 많은 이들이 포기하는데 한 번만 더 해봤으면 좋겠어요. 열등감 최고치일 때 미래에서 누가 와서 '너 나중에 사이클 선수로 성공할 거니까 조금만 참고 기다려'라고 말해주면 좋겠지만 그건 아무도 모르는 일이잖아요. 일정 궤도에 오르면 삶이 조금은 쉬워진다고 말해주고 싶어요. 거기까지 오르는 게 너무 힘들지만요.

이전 세대처럼 인내한다고 해서 성공을 보장받는 건 아니지만 그럼에도 불구하고 인생의 큰 즐거움, 대확행을 맛보는 경험은 왜 해볼 만하다고 생각해요?

대확행 너무 중요하고 또 누구나 품을 수 있다고 봐요. 그럴 수 있다는 자기 가능성을 믿었으면 좋겠어요. 저는 몸을 오래 써왔기 때문에 생각이 몸을 지배한다는 걸 오래 경험해왔잖아요. 아무리 해도 그건 불가능이야, 저 사람은 못 이겨, 저 언니만큼은 할 수 없어, 하고 한계점을 설계해놓으면 결국 도달할 수 없더라고요. 그런 건 없어요. 종이 한 장 차이고, 멘탈 차이일 뿐이에요. 제가 시합 앞두고 준비하는 것들 보면서 다들 어떻게 그럴 수 있느냐고 물으시거든요. 성취감이라는 게 중독적이에요. 한 번 맛보면 그 희열이 너무 커서 그 맛을 계속 보려고 자기 절제를 하게 돼요. 그 즐거움을 맛봤으면 좋겠어요.

체육계에서는 독종이라는 표현이 칭찬일 것 같은데요.
칭찬이죠.

**그 외 다른 사회에서는 여자가 한 단계 더 올라가려는 욕망
을 숨기지 않을 경우 종종 독하고, 무서운 애라고들 해요.**
그 당시에만 그런 소리 들을 거 같지 않아요? 한 5
년 정도 독종 소리 들으며 야망을 숨기지 않고 집중하다
보면 일정 궤도 이상 올라갈 가능성이 높잖아요. 그렇게
되면 수군거리던 사람들 다 거느리게 될 것 같은데? 뒤에
숨어서 그런 말하는 사람들은 자기 자리 위협받을까 봐
혹은 자기는 저렇게 못 해봤고, 못 이뤄봤으니까 그런 소
리 하는 거 아닐까요.

맞아요. 타인의 말도 적당히 차단해야 할 필요가 있죠.
남들이 이야기하는 것들 다 최면이에요. '너는 그
런 사람이잖아' '원래 네 성격은 안 그렇잖아' 하는 말들이
결국 내게 거는 최면 같아요. 근데 다른 사람들이 만든 최
면의 총합을 자기라고 착각하기 쉽잖아요. 바깥으로부터
의 최면을 차단하는 것이 가장 먼저 해야 할 일 같아요. 각

자 가지고 있는 힘을 충분히 사용했으면 좋겠어요. 잠재력을 찾겠다고 뭘 하기보다, 자신에 대한 생각을 많이 했으면 좋겠어요. 내가 어떤 때 즐겁고 어떤 때 슬프고 화가 나는지에 대해.

선수님을 주로 화나게 하는 건 무엇인가요? (웃음)

누군가 불합리하게 권력을 휘두를 때요. 설사 나에게 악영향을 미친다 하더라도 그 자리에서 옳지 않다고 이야기하는 편이고요. 돌아보면 결국 제대로 분노하기 위해, 내 의견을 정확히 전달하고 싶어서 자전거를 잘 타려고 했던 것 같아요. 굴복하고 싶지 않아서요. 초등학교, 중학교 때까지 육상하면서 늘 굴복하면서 살았어요. 아프고 힘들었는데도 내 목소리를 못 냈어요. 이 부분은 이해가 되지 않는다고 말하거나 다시 설명해줄 수 있는지 묻고, 재차 설명을 듣고도 아니라고 생각되면 정정해달라고 요구하면 되는데 그러질 못했어요. 왜냐하면 나는 그냥 못하는 선수니까요. 그래서 더 악착같이 힘을 키웠던 것 같아요. 운동선수하면서 뭐가 가장 기억에 남고 기뻤냐는 질문을 받을 때, 저는 제가 아시안게임에서 메달 받았을 때, 금메달 딸 때라고 답할 줄 알았거든요. 근데 곰곰이 생각해보니 똑같은 말을 해도 내 말에 힘이 생겼다는 걸 느꼈을 때더라고요. 그게 유튜브로 이어지고 있고요. 우리는 우리를 끌어올려야 해요.

이제 정리할까요. 종목 상관 없이 여자들의 운동을 북돋는 분위기잖아요. '근육만능설' 잘 알겠단 말이죠. 알지만 안 움직여지는 이들을 위해 어떤 말을 해주고 싶어요?

작은 것부터 시작하되 꾸준히 해보세요. 하루 20분 걷기를 목표로 세우고 꾸준히 걷다 보면 어느 순간 좀 뛰고 싶고요, 뛰다 보면 더 빨리 뛰고 싶어져요. 그러니 20분 걷기를 한 달이고 두 달이고 매일 해봤으면 좋겠어요. 내 몸의 주인이 나라는 감각, 자존감을 올리는 데 이만한 게 없어요. 내가 선택할 수 있는 게 없다고 느낄 때 가장 무기력해지는 것 같아요. 이 세상에서 유일하게 내 마음대로 할 수 있는 게 내 몸이니까. 이때의 감정을 경험하고 나면 이를 토대로 다른 것들로 옮겨갈 수 있을 거예요. 지금 바운더리 안에서 내 능력을 최대치로 끌어올리고, 성취의 기쁨을 경험하고, 그때의 감정에 고무돼 점점 더 높이 올라가는 것. 그걸 직접 경험해보세요.

삶 속에서 되고 싶고,
기꺼이 사랑하게 되는
여성의 모습이 있다면요?

저는 제가 맑아서 좋거든요. 일부러 감정을 숨기려 하지 않고
크게 웃고 크게 슬퍼해요. 감정을 감추려고 하면 뒤통수 당기
고 관자놀이 지끈거리고 막 내 몸이 아프더라고요. (웃음) 근
데 감정을 솔직하게 표현한다는 게 언뜻 쉬운 것 같지만 어려
운 일이에요. 기분에 따라 지른다는 의미가 아니거든요. 내가
왜 이런 감정을 느끼는지 내 속에서 잘 정리가 돼 있어야 자신
에게도 솔직해질 수 있는 것 같아요. 자신에 대해 생각하는 힘
이 커질수록 사람이 맑아지는 것 같고요. 그런 맑은 여자들을
보면 저 역시 좋은 힘을 받고요.

김원경

"

일정 궤도에
오르면
삶이 조금은
쉬워진다고
말해주고 싶어요.

거기까지
오르는 게
너무 힘들지만요.

"

김원경 선수를 만난 건 2019년 가을, 전국체전이 끝나고 2주가 지난 뒤였다. 당시 김원경 선수의 전국체전 5연패를 기대하는 이들이 많았지만 결과는 좋지 않았다. 동메달 하나로 마친 경기는 아마 그에게도 이례적이었을 것이다. 계획대로라면 그는 그 경기를 끝으로 은퇴할 예정이었다. 오래전부터 팀 내에서도, 경기장에서도 최고령 선수였으니까. 그만둘 마음으로 유럽행 비행기 티켓까지 끊어둔 차였다. 하지만 팀은 1년만 더 후배들과 함께해줄 것을 권하며 붙잡았다. 오랜 고민 끝에 그는 다시 몸을 만들기 시작했다. 코로나19로 계획돼 있던 사이클 대회들이 모두 취소되고 언제 다시 경기가 열릴지 모르는 상황 속에서도 그는 사이클에 올랐다.

지난 6월, 1년 만에 첫 공식 대회가 열렸다. 2020년 KBS 양양 전국사이클 선수권대회에서 그는 여자일반부 초단거리 1Lap (S/S) 부분에서 24.407초를 기록하며 대회 신기록을 세웠다. 여자일반부 경륜과 여자일반부 단체스프린트에서도 각각 은메달을 땄다. 김원경 선수는 할 만큼 했다고 믿었던 끝에서 한 걸음 더 나아갔다. 마지막이라고 생각했던 곳에서 다시 시작했다.

대회가 끝나고 그와 짧게 안부 전화를 나눴다. 당시 그는 은퇴 전 마지막 시합을 준비하고 있다고 했다. 운동생활 22년을 마무리하는 경기인데 기분이 어떠냐고 묻자, "'결과가 좋건 나쁘건 내가 할 수 있는 거, 쓸 수 있는 거, 보여줄 수 있는 거 다 쏟자' 이 생각만 하고 있어요. 그리고 뭐 어때요. 내가 지금까지 내 역사를 잘 썼잖아요" 하고 답했다. 혼신의 힘을 다 쏟아본 사람만이 할 수 있는 깃털같이 가벼운 말에 같이 웃었다. 그의 말대로 오직 메달만이 행복한 결말은 아니니까. 게다가 그는 이미 너무 많은 메달을 땄지 않았나.

　　이렇게 인터뷰가 마무리되겠다 싶던 차에 새로운 소식이 들려왔다. 그가 그사이 국가대표선발전에 출전했고, 다시 국가대표선수로서 운동을 계속하게 되었다는 소식이. 인터뷰 중 "우리가 우리를 끌어올려야 해요"라고 말했던 그는 계속해서 자신을 끌어올리고 있었다. 자신에게 한 번의 기회를 더 주는 것, 모든 가능성에 자신을 열어두는 것은 김원경 선수가 가장 잘하는 일이니까.

박서희

"

내가 100% 옳지 않아도
신념을 완벽하게
행동으로 옮기지
못하더라도
그 가까이에 가보려는
노력은 계속할 거예요.

이런 노력은 모델뿐 아니라
직업을 막론하고
모든 여성이 할 수 있다고
생각해요.

"

나고 자란 주문진에서 벗어나 경제적으로 독립하기 위해 패션모델을 선택한 것이 시작이었다. 2017년부터 모델 활동을 시작해 현재는 모델에이전시 에스팀 소속 모델이다. 지금껏 이세, 잉크, 디그낙, 엘엘이이, 차이킴 등 다양한 무대 위에 서고, 캠페인 촬영을 했다. 패션지 에디터가 한목소리로 사랑하는 모델. 여성 인권과 동물권, 환경에 관심이 많고 신념을 실천하기 위해 고민한다. 많은 것들이 가능한 지금, 고기를 먹지 않는 것, 화장하지 않는 것, 모피를 입지 않는 것 등 안 하는 것에 집중하고 있다.

근무하고 있는 매거진에서는 매달 국내에 소개되지 않은 세계 각국의 여성 관련 이슈를 담은 르포 기사를 구입해 번역하고, 매년 3월호에는 3.8 세계 여성의 날을 기념하며 특집 기사를 기획한다. 진선미 의원이 호주제 폐지 당시를 회고하고, 이정미 전 의원이 낙태죄 폐지와 차별금지법을 이야기하며 개헌 의지를 밝히고, 서지현 검사가 N번방 범죄에 대한 국민적 관심이 식지 않도록 호소하는 데 기꺼이, 기쁜 마음으로 지면을 내어드린다. 기왕 누군가를 소개해야 한다면 여성 창작자와 여성 필자를 초대하고, 촬영 전 인터뷰이에게 헤어·메이크업과 의상을 준비할 수 있지만 원하지 않으면 본인 모습 그대로 촬영할 수도 있음을 알린다. 그리고 이건 최근 몇 해 사이의 변화가 아니라 패션지가 오랫동안 해왔던 일이다.

그럼에도 당장 누군가 '패션지가 하는 페미니즘 같은 거 소비하고 싶지 않다'고 말한다면 막막해진다. 이제는 많은 힘을 잃었지만, 코르셋 산업의 오랜 동반자인 패션지가 어떻게 태어났고 명맥을 이어오고 있는지 작동 원리를 부정할 수는 없기 때문이다. 차마 반박하겠다고 나서지 못하지만 그렇다고 가만히 듣고만 있는 쪽도 못 되는 사람이 할 수 있는 일은 정확하게 더 잘하는 거 말곤 없다. 굵직한 여성 특집을 마감하고 나면 며칠은 초조하다. 마감의 신속함 속에서 놓친 것은 없는지, 사진은 올바르게 담았는지, 취사선택한 단어와 문체는 최선이었는지 곱씹는다.

자기검열의 망망대해에서 허우적거려도 이 생이 좋은 건 매달 각자 다채로운 방식으로 허우적거리고 있는 옆자리 동료들이 있기 때문이다. 그리고 어쩌면 이 점이 패션지가 하는 페미니즘의 핵심이 아닐까 싶다. 취향과 사고방식, 가치관 등이 고유하게 다른 20여 명의 개인들이 매달 모여 다르고 다양한 여성들을 새로운 앵글과 목소리로 보여주는 것이 패션지가 하는 일이니까. 또 어느 매체보다 변화와 전복, 수많은 가능성을 환대하는 집단이니까.

그러니 패션지는 무엇을 입느냐에 따라 하루의 기분과 태도가 결정될 만큼 옷이 지닌 힘을 잘 알면서도, 신발 한 켤레를 구매할 때도 환경과 윤리를 함께 소비하고자 하는 이들이 있다는 사실을 간과하지 않는다. 이건 사야 한다며 소비를 찬양하다가도 곧바로 다음 페이지에선 아무것도 사지 않을 때, 아무것도 바르지 않을 때 느낄 수 있는 가뿐함과 홀가분함에 대해 긴 지면을 할애한다. 숨 막히도록 아름다운 것들을 한껏 펼치다가도 다음 페이지에선 지체없이 정색하며 아름답지 않아도 된다고 말할 수 있다. 또한 말하는 데 그치지 않고 낯설고 괴상한 아름다움도 가능하다는 것을 완전히 새로운 이미지로 보여주며 설득하기도 한다.

패션 에디터들이 칼 갈 듯 빚어낸 전복적인 이미지 속에 자주 등장하는 이가 모델 박서희다. 모두 똑같이 예쁠 필요가 없다고 말하면서도 엇비슷하게 예쁜 여성들만 비춰지고, 자기만의 멋을 찾을 것을 권하지만 멋의 사례를 다양하게 찾을 수 없는 시대의 한계 속에서 패션지 에디터들이 다른 아름다움, 다른 멋을 보여주고자 할 때 박서희가 함께한다.

그는 패션 산업에 들어와 몇 번의 시행착오를 거쳤고 이를 계기로 자신의 몸이 어떠해야 한다는 강박에서 벗어나 자신의 몸이 무엇을 할 수 있는지 생각하기로 마음먹은 사람이다. 적어도 그가 등장하는 화보에는 전형적인 아름다움이 없다. 웃는 얼굴보다 무표정한, 상냥함보다 서늘한, 수줍음보다 자신감 있는 표정과 태도로 카메라를 응시한다. 그 위에 성별이 모호한 디자인의 의상, 드레드 헤어, 블랙 립, 피어싱과 타투 등이 펼쳐진다. 하지만 정작 박서희 자신은 이 모습마저 정형화되고 유행이 되진 않을지 염려하고 삼간다.

"오늘 예쁠 나를 위해 모든 여성이 꾸밈 노동을 강

요받길 원하지 않는다. 교복 자켓 안감에 틴트 주머니가 생기는 것에, 7세용 화장품 장난감이 만들어지는 것에 반대한다." 그가 이런 문장을 보낼 때 주저하는 건 되려 내 쪽이다. 에디터는 허락된 페이지 안에서 주장하지만 모델은 자본의 최전선에서, 광고주의 눈앞에서 자신을 걸고 말하기 때문이다. 그의 발언과 행동은 커리어에 당연히 영향을 준다. 그럼에도 박서희는 자기 자비 없는 여자들이 그러하듯 인터뷰를 앞두고 자신이 이 인터뷰에 참여하는 것이 위선일 수 있음을 고민했다. 하지만 더 멀리, 더 큰 소리로 많은 사람에게 닿을 수 있는 지금의 자리에서 말할 수 있을 때 해야 한다고. 그런 자리와 기회가 주어진다면 본인이 아니더라도 많은 여자들이, 누구라도 그렇게 할 것이라고. 그러니 미흡한 생각이라도 분명하게 최선으로 전달하고 싶다는 마음으로 스튜디오에 왔노라 털어놨다. 이른 아침, 그는 자신의 옷을 입고 메이크업을 전혀 하지 않은 모습으로 카메라 앞에 섰다. 이런 촬영은 처음이라 말하면서.

유선애 웃고 있는 촬영을 거의 본 적이 없어요. 박서희 하면 웃는 얼굴보다 무표정한, 상냥함보다는 서늘한, 수줍음보다 자신감 있는 표정이 먼저 떠올라요. 전에 없는 새로운 콘셉트의 촬영이 기획되면 에디터와 기획자들은 가장 먼저 서희 씨에게 연락하죠.

박서희 제가 쓰이는 일에는 웃어야 할 일이 거의 없어요. 일부러 웃지 않는 건 아니지만 웃으라고 하는 경우도 없고 간혹 웃었다 해도 A컷이 되는 일도 없고요.

분위기와 에너지, 몸을 쓰는 방식과 카메라 앞에서의 태도 등 서희 씨가 만들고 있는 새로움에 대해 오랜 시간 이야기할 수 있지만 누군가에게는 그저 '예쁘지 않은' 모델이기도 하겠죠.

지금은 저를 불러주는 곳이 많아졌지만 모델 일을 시작할 때만 해도 베이비 페이스가 유행이었어요. 그때는 일도 거의 없었죠. 가끔 스케줄이 잡혀서 촬영장에 가면 그곳에서 보는 제 얼굴에는 사회가 정한 예쁨과는 정반대인 면들이 너무 많았어요. 이마도 너무 넓고, 매부리코에 심지어 비뚤잖아요. 턱은 각져 있고 얼굴형은 좌우대칭도 안 맞고요. 그때는 다른 내 모습을 커버하는 데 신경을 많이 썼어요. 그저 예쁘게 나오려고 노력했던 적도 있어요.

지금은 오히려 더 드러내려고 하고요. (웃음) 촬영할 때 헤어스타일리스트가 '이마 좀 가려줄까?' 하면 괜찮다고 하고, 예전에는 턱이 더 커 보일까 봐 고개 드는 포즈도 못 했는데 지금은 막 들어 올려요.

모델을 하기 전에도 외모에 대한 고민이 있었나요?

운이 좋기도 하고 다행이었던 게 어렸을 때는 별 생각이 없었어요. 외모에 신경을 아예 안 썼어요. 대신 세 보인다는 말을 많이 들었어요. 그때는 그렇게 보이지 않으려고 노력을 많이 했던 것 같아요. 세 보이는 게 안 좋다고 생각한 거죠. 누군가를 처음 만나는 자리에서는 일단 잘 웃으려고 하고, 더 상냥하게 말하고 행동하려고 하고요. 극복해야 하는 인상이라고 생각했어요.

착하고 순하게 보여야겠다는 노력을 그만하자고 생각한 계기가 있어요?

억지로 해야 하는 게 너무 많았으니까요. 타고나길 잘 웃는 편이 아니고, 미간에 힘을 주는 습관이 있어요. 그로 인해 불필요한 오해를 많이 받았는데 이걸 의식해서 고치려니까 제 자신이 너무 부자연스러워지는 거예요. 누굴 만나는 것도 어려운 일이 되고요. 사람을 만나보기도 전에 고민이 너무 많은 거죠. 내가 어떻게 해야 분위기가 더 좋아질까 싶고. 하지 않아도 될 생각을 너무 많이 하게 되는 거예요. 시행착오는 있었지만 점점 내가 어떻게 보이도록 해야겠다는 생각 자체를 하지 말자고 결심하고 나니 오히려 사람을 만나고 대하는 게 쉬워졌어요. 첫인상은 좀 안 좋아 보일 수 있겠지만.

하지만 모델이라는 일 자체가 매 작업마다 새로운 사람을 만나야 하잖아요.

그렇죠. 거의 매일. 모순적이지만 상냥해 보이려는 노력 반대편에서는 패션모델에 대한 고정된 이미지에 맞추기 위해 멋있게 보이려는 노력도 해야 했어요. 모델로서 보여지는 이미지와 실제의 내가 너무 다르면 이 세계에서는 그걸 '멋없다' '깬다'고 말하니까요.

상냥하고 살갑지만 모델 본연의 카리스마와 멋은 잃지 않아야 한다는 거죠? 모델 역시 하나의 직업일 뿐인데 맞춰야 할 이상적 자아상까지 있다는 게 기묘하게 느껴집니다. 더군다나 일을 하면서 호의이건 칭찬이건 간에 매일같이 외모 평가를 받아야 하고요.

네. 너무 지겨워요. 그리고 거기에서 벗어날 수 없

다는 것도 알아요. 예전에는 '예쁘다' 하면 '감사합니다' 하고 인사라도 했는데 이제는 '아' 하고 말아요. 제가 이렇게 반응하면 또 '칭찬을 안 좋아하는 것 같다' '칭찬을 어색해하는 것 같다'고 하는데 그게 아니에요. 그냥 넘기는 거죠.

외모 평가를 비롯한 작은 평가들에 일희일비하면 이 일을 오래할 수 없을 것 같아요.

절대 할 수 없죠. 외부의 평가에 귀 기울이기 시작하면 자기를 잃어버리기가 쉽고 또 그런 경우를 너무 많이 봤고요. 저도 그렇지만 다른 모델 친구들도 안 그랬으면 좋겠어요. 쉽지 않지만요.

특히 몸에 대한 평가가 혹독한 세계잖아요.

예전에는 상처를 많이 받았어요. 제가 패션모델에게 요구되는 정도의 마른 몸을 가지진 않았거든요. 어느 날 촬영 전에 촬영 진행자분이 저더러 다리 굵기가 어느 정도 되냐고 물어보길래 엄청나게 굵지는 않다고 대답한 적이 있어요. 근데 촬영 당일에 그분이 저에게 신발을 신겨주면서 내가 한 말을 비꼬듯이 '엄청나게 굵은 다리는 아니에요?' 하고 되묻는 거예요. 충격이었어요. 내가 패션모델이라는 이유로 누군가 아무렇지 않게 내 몸에 대해 이야기하고 상처를 줄 수 있다는 사실이요. 하지만 이제 상처받지 않으려고요. 패션모델인 나를 직업적으로 평가하는 거라 생각하려 해요. 회사에서 어떤 결재를 올렸는데 '이 서류는 별로야' 하는 것처럼. 나 자신을, 하나의 인격체인 나를 평가하는 게 아니라고요.

모델 관련한 가장 큰 이슈는 거식증이죠. 국내외 가릴 것 없이 거식증으로 고통받는 모델들이 많고요. 관련 기사나 주변의 소식에 자주 마음이 쓰일 것 같습니다.

식이장애로 고통받는 동료들을 보면 너무 이해되면서도 안타깝죠. 제가 강아지를 키우는데요. 모델들이 먹는 하루 식단대로 강아지에게 주면 사람들은 아마 동물 학대라고 말할 거예요. 저 역시 예전에 했던 잘못된 행동들 때문에 체형과 체질이 완전히 바뀌었어요. 중학교 때는 지나치게 말라서 주변에서 걱정할 정도였는데 이 일을 시작하고 난 후부터는 살이 쉽게 찌는 체질로 바뀌었어요. 아마 주변 모델 친구들 대부분이 그럴 거예요. 모델들이 지방분해 시술받으러 가면 원장님들이 주사 놓을 데가 없다고 해요. 주사를 맞게 되더라도 엄청나게 아프고요. 지방이 거의 없는데 그 자리에 주사를 놓으니 얼마나 아프겠어요. 근데 그때는 병원에서 말리는 말도, 주변 친구들이 저보고 말랐다고 하는 말도 안 들렸어요. 지금은 너무 잘 들리고요.

변하게 된 이유가 있나요?

무리하게 다이어트를 하면서 어느 순간 내가 너무 망가졌다는 걸 알았어요. 폭식이 심했어요. 일을 하면서 상처받고 오는 날이면 폭식 증세가 더 심해졌어요. 오디션을 본다거나 촬영장에서 불편한 일이 있으면 집에 와서 먹는 걸로 푸는 거죠. 왜 먹는지 모른 채 엄청난 양의 음식을 먹었어요. 꼭 혼자 있을 때 그래요. 몸무게 10kg이 오르내리는 건 예사였어요. 몸이 급격하게 불어날 때마다 감량해야 하니까 말도 안 되게 무리한 다이어트를 하고, 식욕억제제도 먹어보고, 시술받고. 엄청난 시간과 돈을 쓰면서 나를 계속 상처 내는 행동들을 해온 거죠. 그렇게 수단과 방법을 안 가리고 다이어트를 해도 효과는 잠깐이에요. 노력한다 해도 억지로 하는 거라서 결국 원래 상태로 돌아올 수밖에 없어요. 심지어 더 안 좋은 것들이 보태져서. 내가 뭘 위해서 이렇게까지 하는지 모르겠더라고요. 망가지는 나를 보고 있자니 내가 나를 구해야겠다는 생각이 들었어요. 다이어트를 안 하려고 노력하니까 오히려 폭식이 줄었고요. 예전에는 굶기만 하니까 몸에 힘이 없어 운동할 생각은 하지도 못하고 사람 만나는 것도 귀찮았거든요. 그렇게 혼자 오래 있다 보면 다시 폭식하고… 악순환이죠. 지금은 운동으로 풀어요. 자기만의 기준이 없을 때는 무조건 마른 몸이 되는 게 목표가 되거든요. 근데 이제는 그렇게까지 마르지 않아도 된다고 생각해요. 최소한 샘플 옷이 맞을 정도로만 유지하자, 몸이 아니더라도 모델로서 내가 보여줄 것이 많다고 생각하면서 많이 내려놨어요. 완전하게 벗어났다고 할 수는 없지만.

모델이라는 직업이 작게는 기획과 디렉션에서 완전히 자유로울 수 없다는 한계가 있고, 크게는 성적 대상화되기 쉽죠. 여전히 '지금 이게 무슨 의도지?' 싶은 화보들이 만들어지니까요. 현장에 있다 보면 사전에 논의되지 않은 돌발 상황이 벌어지기도 하고, 바쁘게 움직이는 현장에서 당시에는 인지하지 못했지만 지나고 보면 아차 싶은 순간도 많고요.

촬영 당시에는 잘못된 방향이라고 생각하지 못했던 순간도 있었어요. 또 내가 거부할 수 없다고 생각하기도 했어요. 저 역시 올바르게 대처하지 못했고요. 부적절한 디렉션이나 상황에 어떻게 대응해야 할지 몰라서 힘들었는데 일을 하면서 점차 노하우가 쌓였어요. '여성스럽게'라는 디렉션을 받으면 예전에는 혼자 답답해했는데 지금은 '여성스럽게요?' 하고 되물어요. '여성스럽게'라는 말의 의미에 대해 추가 설명해달라고 해요. 포즈의 경우는 아닌 것 같다는 생각이 들면 하지 못하겠다고 이야기하고요. 노출이 수단이 된다거나 맥락 없이 노출을 해야 하는 촬영은 절대 하지 않아요. 사전 논의나 설명 없이 그저 옷을 벗어야 하는 촬영도 있었어요. 지금은 그런 촬영이 많이 없어졌지만 혼자 활동하거나, 일을 시작한 지 얼마 되지 않은 모델에게는 여전히 그런 것들이 강요될 것 같아요.

> 반면 서희 씨가 등장하는 화보에서는 드레드 헤어나 검은색 립 등 정형화된 미에서 벗어난 콘셉트가 많아요. 여성의 다양한 면을 보여준다는 점에서 진일보하고 있다고 느껴지는데요. 개인적인 해방감도 느낄 것 같고요.

초반에는 저도 그렇게 생각했는데요. 요즘은 생각이 바뀌었어요. 사회가 규정하는 단편적인 '여성스러움'이나 '여성의 미'에서 벗어났을 수는 있지만 이 또한 일부라고 생각하거든요. 블랙 립도 결국 그 또한 다른 의미에서 예쁨을 쫓는 거잖아요. 헤어 메이크업은 변주했다고 하지만 막상 모델이 입고 있는 옷은 지나치게 짧은 치마

이거나 높은 신발일 때도 많고요.

섬세하고 조심스럽게 생각할수록 힘든 순간이 많을 것 같은데요. 그럼에도 이 일을 계속하는 이유는 뭔가요?

힘들 때가 많죠. 그럼에도 계속 이 일을 하는 건 어떤 콘셉트나 옷이 주어져도 그걸 가장 나답게 해석하고 표현하려고 노력하기 때문인 거 같아요. 거기서 갈증이 좀 풀어져요. 핑크색 꽃무늬 원피스를 입어도 그 옷이 가지고 있는 고정된 느낌을 곧이곧대로 표현하지 않아요. 어떤 옷을 입었을 때 사회적으로 연상되는 이미지에서 벗어나려고 시도해보는 거죠. 특정 옷이 입는 사람으로 하여금 행동이나 태도를 제약하지 않도록, 모델로서 최대한 다양한 이미지를, 사례를 보여줄 수 있다고 생각해요. 촬영 시안과 가이드가 있지만 결국 이 모든 것을 이미지로 완성시켜서 사진으로 나오게 하는 건 저니까요.

10대들에게 패션모델은 스타일이나 태도 면에서 TV 속 연예인보다 더 구체적으로 닮고 싶은 선망의 대상이 되기도 합니다. 서희 씨 역시 SNS 팔로워가 많고요. 자신의 보여지는 어떤 면이 누군가에게 롤모델이 될 수 있다는 것에 대해 자주 생각하나요?

저를 자주 보는 주변 사람들이나 제 SNS 계정을 팔로우 하는 친구들이라면 다 알 수 있을 정도로 평소에는 잘 꾸미고 다니질 않아요. 잘 씻지도 않아요. (웃음) 일하지 않을 때는 멋있고 예쁘고자 하는 욕망에서 완전히 벗어나려고 해요. 작업 결과물 외에 평소 모습을 SNS에 올릴 땐 꾸밈이 최소한인 것을 선별해 올리고요. 평소 DM으로 다이어트나 피부 관리에 대한 질문을 많이 받는데 10대 친구들에게는 특히 잘 대답하려고 노력해요. 물론 제 방식대로 조언하는 것도 조심스럽죠. 처음에는 '내가 이런 이야기를 해도 되나?' '자격이 되나?' 하고 고민도 많이 했지만 그래도 이야기해야 한다고 생각해요.

각자의 자리에서 계속 이야기하는 게 중요하겠죠. 자기 검열은 조금만 하고요. 저 역시 제가 이 인터뷰를 진행해도 되는 사람인지 계속 생각하고 있거든요. 아마 이 책이 세상에 나올 때까지, 나오고 나서도 고민하고 있을 거예요.

저도 그런 면에서 더 열심히 일하고 말하려고 해요. 이런 인터뷰도 무조건 잘하고 싶고요. 발 디딘 이곳에서 최선을 다하고 내가 옳다고 생각하는 일의 가치를 더 많은 사람들이 알 수 있게 좋은 영향을 주고 싶어요. 한창 자격에 대해 고민할 때는 자책도 많이 했어요. 모델 활동을 하며 원치 않게 유해한 영향을 주기도 했고 신념에 반하는 위선자가 된 느낌을 받을 때도 있었어요. 내 신념과 나의 직업적 속성, 이 둘을 모두 품고 유지하는 게 힘에 부칠 때도 있었고요. 그렇지만 아무 이야기도 할 수 없는 건 아니라고 생각해요. 모델이기 때문에 발언의 기회가 주어질 때가 있는데 이번 인터뷰도 그렇잖아요. 주목받는 위치에 있는 만큼 이를 잘 이용해서 계속 이야기하려고요. 할 수 있는 것을 하고 지치지 않으려고 노력해요. 내가 100% 옳지 않아도, 신념을 완벽하게 행동으로 옮기지 못하더라도 그 가까이에 가보려는 노력은 계속할 거예요. 이런 노력은 모델뿐 아니라 직업을 막론하고 모든 여성이 할 수 있다고 생각해요.

동료들과도 이런 이야기를 자주 나누나요?

제가 스스로 페미니즘이나 탈코르셋에 대해 이야기하는 게 맞지 않다고 여겼듯이 동료들도 그렇게 생각했던 것 같아요. 그런데 제가 지난번 인터뷰^{《마리끌레르 코리아》 3.8 세}계 여성의 날 특집 기사 '90년생 여자사람', 2019년 3월호에서 페미니즘에 대해 이야기하고 난 다음부터 모델 친구들에게 연락을 많이 받았어요. 자기도 같은 생각을 하고 있었는데 어떻게 말해야 할지 몰랐다고요. 일할 때 촬영 현장에서 10대 모델들

"

어떤 옷을 입었을 때
사회적으로 연상되는
이미지에서 벗어나려고
시도해보는 거죠.

특정 옷이 입는 사람으로
하여금 행동이나 태도를
제약하지 않도록

모델로서 최대한 다양한
이미지를, 사례를 보여줄 수
있다고 생각해요.

"

도 많이 만나거든요. 최근에 고등학생 모델과 함께 촬영한 적이 있어요. 이 친구가 그냥 보기에도 이미 너무 말랐는데 3kg을 더 감량해야 한다면서 어떻게 하면 젖살을 뺄 수 있는지 물어보더라고요. 10대에는 젖살이 당연히 있는 거고 고민하지 않아도 된다고 오래 이야기 나눈 적이 있어요. 점점 이 안에서 제 할 일이 있다고 느껴요.

할 일이 있다고 느낄수록 패션 산업 안에서 자주 분노하고 드물게 희망을 보기도 할 것 같아요.

너무 많죠. (웃음) 현장에서 샘플 옷 안 맞는 여자 모델들은 많지만 옷 안 맞는 남자 모델은 거의 없어요. 여성복은 세세하게 사이즈가 나뉘어져 있잖아요. 같은 스몰이어도 스몰의 종류가 워낙 다양해서 도대체 얼마만큼 말라야 이 사이즈가 가능하지 싶을 만큼 작은 옷들도 있어요. 우리들끼리는 강아지옷이라고 그러는데. 그에 비해 남성복은 스몰, 미듐, 라지가 전부고요. 처음엔 충격이었죠. 또 일을 하면서 내가 지금 입고 있는 이 옷이 누구를 위한 옷인지 모르겠는 때도 있어요. 제가 대한민국 여성의 평균이 아니잖아요. 평균에서 벗어난 신체를 가진 내가 표본이 되는 게 맞나 싶은 거죠. 요즘 한국에서도 다양한 체형의 모델이 등장하고 있다는 게 희망이라면 희망이고요. 나이키 등 몇몇 브랜드들이 이 점에 있어 노력하고 있다는 걸 보여주는 것 같아요.

작은 변화를 느낀 개인적인 체험도 있었나요? 최근에 가장 좋았던 작업은 뭐였어요?

점진적으로 변화가 이뤄지고 있다는 걸 현장에서 느낄 때가 있어요. '아무리 그래도 눈썹은 그려야지' 같은 말은 했는데 완전히 맨 얼굴로 촬영하는 경우도 많아졌고요. 최근에 기뻤던 촬영 하나가 있어요. 매거진 〈마리 끌레르 코리아〉의 디지털 필름 촬영이었는데 평소에 제가 채식을 하고 모피를 안 입고 가죽 제품 지양하는 걸 알고 있던 에디터분이 지속 가능한 패션을 주제로 영상 기획을 하면서 제 생각이 났다고 연락을 주셨어요. 퍼프리 ^{fur free}, 폐 플라스틱 재생 의류, 친환경 소재 의류 등을 제작하며 다음 세대를 위해 고민하고 실천하는 브랜드의 테마 룩을 입고, 1인 시위를 하는 듯한 콘셉트의 촬영이었거든요. 그런 촬영을 할 때 희망적이라고 느껴요. 산업 안에서 내가 좋아하고 가치관에 맞는 것들이 콘텐츠로 만들어질 수 있고, 내가 직업적으로 기여할 수 있다는 걸 발견할 때 좋아요. 이런 작업들로 주변 사람들의 반응을 느낄 때 가장 기쁘고요.

삶 속에서 되고 싶고,
기꺼이 사랑하게 되는
여성의 모습이 있다면요?

어느 자리, 상황에서건 단단한 심지를 잃지 않는 여자들을 사랑해요. 저는 하루 안에서도 삶의 기준이나 가치가 수차례 바뀌기도 하거든요. 지금 옳다고 믿는 것이 나중에는 옳지 않을 수 있다는 생각에 두려워지기도 하고요. 이처럼 나약해질 때 사랑하는 여자들을 떠올려요. 부서지지 않는 단단함이 아니라 부서지는 것쯤 아무것도 아니라고 여기는 단단한 여자들을요. 어떤 상황에서도 자신을 잃지 않고 자신을 온전히 느끼고 겪어내는 사람. 그런 태도로 살아가는 여성들을 보면 어김없이 사랑에 빠지는 것 같아요.

박서희

작은 성공과 기쁨을 축적하며 긍정을 잃지 않는 것이 중요하겠죠. 비관으로 치우치지 않기 위해 어떤 노력을 하나요?

명상과 요가가 큰 도움이 돼요. 저는 성격이 급한 편이라 지금까지 감정적으로 선택한 일들이 많았어요. 1차적인 감정에만 휩싸여서 보지 못하고 느끼지 못했던 것들을 솔직하게 돌아보는 데 명상과 요가의 도움을 받아요. 또 채식을 하면서 이해에 대한 폭도 넓어지고 있어요. 이전에는 한 번도 동물의 삶과 동물을 먹는다는 것에 대해 생각해본 적이 없었거든요. 지금은 미처 알지 못했던 것들을 새롭게 깨닫고 배우고 있어요. 마찬가지로 성차별, 인종차별, 성적 지향에 대한 차별 등 부적절한 발언과 행동을 하는 사람을 보면 예전에는 '저 사람 왜 저렇지?' 하고 대화를 차단하고 분노에만 휩싸였거든요. 그런데 지금은 나 역시 무언가에 대해 몰랐을 때, 덜 알았을 때를 돌아보면서 그 사람과 가볍게 이야기해보려고 해요. 나 역시 모를 때가 있었듯이, 이 사람도 알게 되면 바뀔 수 있는 거니까요.

피로감에 지쳐 이 모든 것을 의식하기 전으로, 세상을 달리 보기 이전으로 돌아가고 싶을 때는 없었나요? 그저 인기 많은 모델로 해맑게 반짝이고 싶은 마음이요.

불편한 게 많아졌죠. 안 좋은 것들이 너무 많이 보이고 느껴지니까요. 어떤 결정을 하기까지 고려해야 하는 것들도 많으니까 차라리 모르고 사는 삶이 부러울 때도 있죠. 그렇다고 다시 이전으로 돌아가고 싶지는 않아요. 설사 그게 나를 더 힘들게 한다 하더라도 뭐가 잘못됐고 옳은 건지 생각할 수 있는 지금이 좋아요. 내가 모른다고, 느끼지 못한다고 그것들이 존재하지 않는 게 아니잖아요. 밥 먹는 거 안 할 수 없고, 잠자는 거 안 할 수 없는 것처럼요. 차라리 알고 계속 싸우고 화낼 수 있어서 다행이라고 생각해요. 그게 저에게 맞아요.

인터뷰가 완성될 즘 박서희와 짧게 안부를 나눴다. 그는 최근 강박에서 한발 더 벗어났으며 더 가벼워졌다고 말했다. "점점 모델의 기준이 넓어지고 있다는 걸 느껴요. 요구받는 몸무게가 아니어도 활동하는 친구들이 있어요. 이전에는 그런 경우 위축되고 힘들어하는 모습을 많이 봤었는데 이제는 몸무게쯤 아무렇지 않게 여기고 당당한 태도를 유지하는 모델들을 목격해요. 개의치 않는 모습이 멋있고 심지어 아우라까지 느껴져요. 제 강박도 한 번씩 더 깨지고요." 여자를 극복하게 하는 건 눈앞의 다른 여자다. 용기와 지침이 되어주는 내 앞의 여자들. 나역시 무수한 여자들에 의해 키워졌다. 학교와 직장에서 만났던 여자들의 자비와 자극이 나를 계속 건져 올리고, 일하게 했다.

지금 이 순간에도 뉴스가 도착한다. 다운증후군 모델 엘리 골드 스테인이 구찌 뷰티 모델이 되었다는 것과 최근 10대들 사이에서 지나칠 정도로 마른 몸을 선망하는 조어 '프로아나'Pro-ana, 거식증anorexia을 지지하는 이들라는 말이 SNS상에서 다시 유행하고 있다는 소식이다. 시간 차로 도착하는 희비 속에서 비관으로 기울지 않기 위해 할 수 있는 일이 많지 않지만 확실한 하나의 일이 있다. 내가 발붙인 이 산업 안에서 옳다고 믿는 것을, 오늘 할 수 있는 의미있는 일을 하는 것이다.

　　박서희는 지금 할 수 있는 일 중 하나로 시작에 대해 질문하고 있다고 했다. 그는 선택한 적 없이, 이유를 모른 채 해온 것들의 씨앗을 찾아가는 중이다. 어떤 것에 대해 왜 아름답다고 느끼기 시작했는지, 왜 습관적으로 옷을 사는 것인지, 왜 고기를 먹기 시작했는지 등 그 시작을 정확히 알고 정리하면 문제도 선명히 보이리라는 믿음에서다. 인터뷰는 해도 해도 매번 새롭게 어렵고 모르겠는 일이지만 하나 분명한 것은 좋은 질문에는 같은 밀도의 답이 돌아온다는 사실이다. 박서희가 지금 자신에게 보내는 질문 역시 이 진리가 통할 것임을 나는 안다.

이길보라

09

"

계속해서
자기 이야기를 하는
여자들이
많아졌으면 좋겠어요.

누군가가 써서 주는 역사,
그걸 통해
배우는 역사 말고

자기 이야기를요.

"

농인 부모 사이에서 태어났다. 고등학교 1학년 때 학교를 쉬고 8개월간 아시아 8개국을 여행했다. 여행을 마친 후 학교로 돌아가지 않고 여행의 경험을 바탕으로 〈로드스쿨러〉라는 제목의 다큐멘터리를 만들고 책을 썼다. 이후 한국예술종합학교에 입학해 코다(CODA: Children of Deaf Adults 농인 부모의 자녀)로서 바라본 부모의 삶을 담은 〈반짝이는 박수 소리〉를 완성했고 이 작품으로 야마가타국제다큐멘터리영화제 뉴 커런츠 부문에서 심사위원 특별언급상을 받았다. 베트남 전쟁 당시 한국군의 민간인 학살 피해자들을 조명한 〈기억의 전쟁〉은 제23회 부산국제영화제 와이드앵글 다큐멘터리 경쟁 부문 심사위원 특별언급상을 수상했다. 지은 책으로는 《길은 학교다》 공저 《로드스쿨러》 《반짝이는 박수 소리》 공저 《우리는 코다입니다》 《해보지 않으면 알 수 없어서》가 있다.

암스테르담에 머물던 이길보라 감독이 2년 전 이런 글을 보낸 적 있다. "아무도 쳐다보지 않고 아무도 질문하지 않았어요. 삭발을 하거나 쇼트커트를 유지하던 시절이었는데 한국에서는 화장실에 갈 때마다 사람들이 깜짝깜짝 놀랐거든요. '여기 여자화장실인데요' 하는 말도 많이 들었고 이상하게 쳐다보고요. 나중에는 익숙해져서 '저 여잔데요' 하고 먼저 말했었어요. 그런데 네덜란드에 오니까 내가 무엇을 입든 어떤 머리를 하든 아무도 쳐다보지 않더라고요. 해방감이 들었어요. 이런 세상이 존재할 수 있구나 싶었어요."

그때 나는 이길보라 감독이 쓴 '아무도 쳐다보지 않고 아무도 질문하지 않았다'는 말을 여러 번 곱씹어 읽었다. 몇 번은 소리 내 읽었다. 태어나 처음 접한 듯 낯선 문장이었다. 상상되지 않는 세상이었다. (그곳에서도 인종차별을 비롯한 다양한 구별 짓기가 존재한다고 그는 덧붙였지만) 적어도 여자라는 이유로 자신이 어떻게 보일지 신경 쓰지 않아도 된다는 것, 타인의 시선에 이입해 나를 남 보듯 대하지 않아도 된다는 것, 내 모습과 행동을 필요 이상으로 곱씹지 않아도 된다는 것, 이 모든 연쇄 과정이 수반하는 피로와 자괴에 위축되지 않아도 되는 삶은, 그러니까 어떤 삶인 걸까. 2년이 지난 지금도 나는 잘 모르겠다. 하지만 그런 세상에서라면 여자들은 지금보다 더 많은 일을 하게 되리라는 것은 분명히 알겠다. 밖으로 새나가던 에너지가 안으로 결집되며 전에 없는 추진력이 만들어지리라는 것을.

　　대한민국, 농인 부모 사이에서 태어난 젊은 여성 창작자인 이길보라 감독 역시 다채로운 시선을 받아온 사람이다. '부모님이 장애인인데'로 시작되던 불쾌한 시혜, '여자야, 남자야' 묻는 무례한 질문, '여자애가 알면 뭘 안다고'로 매듭지어지던 냉소까지. 하지만 그는 외부로부터 보여지고, 불려지고, 판단되기를 거부하고 자신이 누구인지 스스로 명명하고, 선언하며 더 크고 넓은 세계로 자신을 내보내고자 했다. 학교 밖으로, 대한민국 밖으로, 정상과 비정상을 구분 짓는 프레임 밖으로. 그렇게 바깥에서 배우고 깨치며 넓혀온 자기 갱신의 과정을 영화와 책으로 기록했다. 고등학교 1학년 때 학교를 그만두고 완성한 첫 다큐멘터리 〈로드스쿨러〉를 시작으로 농인 부모의 삶을 담은 장편 다큐멘터리 〈반짝이는 박수 소리〉, 베트남전 당시 한국군의 민간인 학살 사건을 여자와 장애인의 증언으로 되짚어간 〈기억의 전쟁〉까지 그는 일관되게 자신으로부터 이야기를 시작했고, 필요하다면 투명할 정도로 자신을 드러내며 경험을 나눴다.

네덜란드 필름아카데미에서 공부하던 이길보라 감독과 서면 인터뷰를 나눈 지 1년 만에 한국에 온 그를 만났다. 1년 사이 그는 공저 《우리는 코다입니다》를 썼고, 할머니와 엄마, 자신에 이르기까지 3대의 임신 중단 경험을 주제로 한 장편 영화 〈우리의 몸 OUR BODIES〉을 기획 중이었다. 이 작품으로 제70회 베를린국제영화제가 젊은 창작자들을 지원하는 프로그램인 '탤런츠랩 독스테이션'에 초청되기도 했다. 그리고 인터뷰가 완성될 즈음 책 《해보지 않으면 알 수 없어서》가 출간됐고, 출간 한 달 만에 4쇄를 찍었다. 더듬더듬 이 인터뷰가 완성되어 가고 있는 지금 이 순간에도 이길보라 감독은 할 수 있거나 해야 한다고 믿는 일을 부단히 하고 있을 것이다. 나라는 작은 방에서 시작해 말하고, 듣고, 생각하고, 행동하며 더 큰 세계로 이야기를 진전시켜나가고 있을 탁월한 실행가의 다음이 궁금하다.

유선애 암스테르담에 머문 지 3년 정도 됐죠? 떠나왔기에 선명하게 보이는 것들이 있을 것 같습니다. 대한민국에서 젊은 여성으로 사는 일은 어땠나요?

이길보라 한국에서 20대 여성이자 장애인의 자녀로 사는 건 저를 늘 성찰하게 했어요. 어딜 가나 차별과 차이를 직시할 수밖에 없는 소수 그룹에 있었잖아요. 물론 그 경험이 저에게 다른 사람의 아픔과 경험에 공감할 수 있는 감수성을 주었다고 생각해요. 하지만 그만큼 예민해지고 날카로워질 수밖에 없었죠. 가부장적이고 획일적인 한국 사회에서 살아가려면 적당히 무뎌져야 하는데 그럴 수가 없어서 저의 20대는 투쟁의 연속이었어요. 결국 견딜 수 없다고 생각할 때 즈음 예술가로서의 삶의 지속 가능성을 찾아 네덜란드에 오게 됐고요. 지금 생각해보면 정말 한계치에 도달했을 때 한국을 탈출했던 것 같아요.

구체적으로 무엇에 투쟁했던 것 같아요?

한국 사회 안에서 살아남고, 나아가 나 자신으로 살기 위해 싸웠던 것 같아요. 지금도 한국에 올 때마다 느끼는 건 '아, 내가 이곳에서 스트레스를 정말 많이 받았구나'예요. 그때는 누가 툭 치면 곧바로 무너지거나 엄청 화를 낼 준비가 돼 있는 상태였어요. 한여름에 땀을 뻘뻘 흘

리면서도 항상 노이즈캔슬링 헤드폰을 쓰고 다녔고요. 눈을 가리고 귀를 막아야만 살 수 있었던 거죠. 너무 이상한 일이 많이 일어나니까.

반면에 유년 시절에는 '전교회장도 하는 속 깊고 착한 장녀'로 살았어요. "장애인의 자녀로서 살아남기 위해선 예쁜 아이, 공부 잘하는 모범생이 돼야 했다. 과거에 그걸 택한 적도 있고"라고 했죠.

부모를 위한 통역사이자, 동생의 보호자가 돼야 했으니까요. 어른 아이로 자라야 했고, 빨리 성장해야 했어요. 그러면서 계속 부딪히는 거죠. 사회적 얼굴을 하고 연기를 해야 하는 상황 속에서 보여지는 나와 실제 나 사이의 거리를 느끼고 이런 괴리는 왜 만들어지는지 스스로에게 질문하게 됐어요. 왜 그렇지?라고 생각하다 글로 한번 써보자, 영화로 만들어보자, 사람들 앞에서 이야기를 해봐야겠다고 결심하게 된 거죠.

그 과정에서 책임이라는 단어를 몸으로 배우기도 했고요.

열여덟 살에 자퇴를 하고 그걸 소재로 다큐멘터리를 찍은 것에 대해 사람들은 어떻게 그런 결심을 할 수 있었냐, 어떻게 하면 그렇게 자유롭게 살 수 있느냐라고 묻는데요. 책임을 무겁게 생각하며 살았어요. 하고 싶은 것을 하는 과정에서 사람들에게 '나는 무엇이다'라고 말하고, 스스로 선언한 것에 책임져왔어요. 그게 '로드스쿨러'학교를 벗어나 주체적으로 공부하고 연대하는 청소년였고, '코다'CODA, Children of Deaf Adults, 농인 부모에게서 태어난 자녀였어요. 사람들이 알지 못하는 낯선 단어니까 이를 설명하려고 책을 쓰고 영화를 만들었고요. 글을 쓰고 영상을 만드는 과정에서 나조차도 알지 못했던 것들을 깨닫게 되기도 하고, 스스로 정의를 만들어가기도 했고요.

내가 누구이고, 어떤 사람인지에 대해 이야기할 때 무엇을 가장 중요하게 생각했나요?

굳게 믿는 거요. 저는 자신을 소개할 때 '농인 부모로부터 태어난 것이 이야기꾼의 선천적 자질임을 굳게 믿는다'고 말하거든요. '굳게'에 방점을 찍어서. 내가 나를 굳게 믿는 거죠. 누가 나를 굳게 믿어주는 게 중요한 게 아니라, 사회가 부여한 이름을 따르는 게 아니라 내가 붙인 내 이름을 내가 믿는 게 가장 중요하다고요. 저는 '로드스쿨러'이고, '코다'이고, '영화작업자'이자 '글 쓰는 사람'이에요. 누가 붙여준 게 아닌 내가 정한 이 이름들을 굳게 믿는게 가장 중요하다고 생각해요. 그건 결국 책임과도 연결되어 있어요.

나를 굳게 믿는 데 오랜 시간이 필요하지는 않았어요?

혼자서 굳게 믿을 수만은 없는 거 같아요. 동료와 친구, 가족이 있었어요. 혼자 명명하며 시작했지만 이들과 함께 책을 쓰고, 영화를 만들고, 모이는 과정에서 내 정체성에 대해 정확히 알게 됐어요. 가령 코다 인터내셔널 컨퍼런스에 가면 정말 많은 코다를 만날 수 있는데 그들 안에 있을 때 새삼 내가 코다임을 인지하고 '코다 프라이드'를 갖게 되거든요. 내가 속한 그 그룹을 탄탄하게 만들어가고 이들과 연대하는 과정에서 믿음도 단단해지는 거죠. 페미니스트도 마찬가지예요. 주변의 페미니스트 동료와 선배들 덕분에 그 안에서 내 위치를 단단히 가져갈 수 있는 거고요.

농인 부모 아래서 자란 청인으로서 '정상과 비정상', '다수와 소수'라는 경계가, 그 족쇄들이 믿음을 왜소하게 만들지는 않았나요?

어릴 때부터 싫고 이상하다고 생각했어요. 사람들은 너무나 당연하게 정상인과 비정상인, 일반인과 비일반인을 나누는데, 그럼 우린 항상 비정상인, 비일반인인 거죠. 책을 쓰거나 영화를 완성하면 매체와 인터뷰를 하게 되는데 그때마다 저의 프레임은 '소수자의 위치에서 소수자의 이야기를 하는 사람'이에요. 한때는 저도 내가 소수자니까 소수에 주목한다고 생각하기도 했고요. 근데 내가 소수자성을 가지고 소수에 대한 이야기를 만든다고 스스로 말하는 건 괜찮은데 타인이, 특히 매체가 나를 그렇게 부르면 이상하게 기분이 너무 나쁜 거죠.

불쾌함의 이유에 대해 생각해본 적 있어요?

저도 정확한 이유를 알지 못하다가 네덜란드 필름 아카데미에 가서 깨달았어요. 보통 개강 첫날에 자기소개를 하잖아요. 나는 농인 부모 아래서 태어나 부모에게서 수어를 배우고 세상에서 음성 언어를 배웠다고 말하면 한국에서는 다들 깜짝 놀라요. '쟤는 뭔가 다르다' '이중언어 사용자다' 이런 식으로요. 그럼 저는 그 반응에 힘입어 내 이야기를 계속하고요. 근데 네덜란드에서 만난 사람들은 내 소개를 듣고 '그래서 어쩌라는 거지?'라는 표정을 짓는 거예요. 이게 유럽 문화와도 관련이 있는데 지역 특성상 그곳의 많은 친구들이 부모의 국적이 다 달라요. 기본 서너 국어를 구사하는데 이들에게 수어 역시 수많은 언어 중 하나일 뿐인 거예요. 학교를 그만두는 것도 이들에겐 너무 흔한 일이고. (웃음) 이런 환경에서는 그 누구도 다수, 소수가 아니에요. 그러니 제가 자란 환경이 특이하고 이상하기보다 그저 다양한 사람들 중 한 사람일 뿐이라고 생각하는 거죠. 구구절절 내 사연을 털어놓지 않아도 아주 자연스럽게 그 사회에 소속되고요. 다양한 사회 구성원이 모이면 나라는 개인도 부가 설명 없이 그 안으로 들어갈 수 있다는 걸 난생 처음 경험한 거죠. 나아가 스스로를 소수로 규정하고 소수에 대한 영화를 만든다고 설명하는 것 역시 불필요한 일임을 알게 됐어요. 다수와 소수를 편 가를 것 없이 나는 내가 가진 재능과 이야기를 바탕으로 창의적인 작업을 하는 사람일 뿐인 거죠.

다수와 정상에 대한 인식 변화 후에 큰 해방감을 느꼈을 것 같아요. 여전히 한국 사회에서는 정상성이라는 단어가 중요하잖아요. 모두가 정상이길 열망하고요.

정상 프레임에서 탈피하니까 마음이 편해졌어요. 앞서 말했던 한국에서 제가 싸웠던 것들이, 그런 논쟁 자체가 불필요한 것임을 깨달은 거죠. 우리는 모두가 다르며, 각자의 이야기와 역사를 가지고 있다고 전제하면 정상과 비정상, 일반과 비일반을 판단하거나 설명할 필요가 없는 거니까요.

다큐멘터리 〈기억의 전쟁〉은 지금까지 남자들만의 이야기였던 전쟁을 여성과 장애인들의 자리로 옮겨 놓았다는 평을 받았죠. 기존 전쟁 다큐멘터리의 문법에서 벗어날 수 있었던 건 여성 감독, 여성 피디, 여성 촬영 감독이 주축이 됐기에 가능하지 않았나 싶어요.

제가 베트남 전쟁에 관한 영화를 만들겠다고 했을 때 가장 많이 들은 말이 '나이도 어린 여자가 전쟁에 대해 안다면 뭘 안다고' 였어요. 그 말을 지겹도록 들었어요. '나는 정말 전쟁에 대해 말할 수 없는 걸까' 의문을 가지고 베트남에 갔는데 그곳에서 제가 만난 학살 피해자들은 여성이거나 청·시각장애인이었어요. 주류 언론과 매체에게 이들은 전쟁의 주인공이 아니에요. 이들의 이야기는 중요하지 않다고 판단되어서 지금까지 알려지지 않은 거죠. 저는 드러나지 않았던, 하지만 거기 분명히 존재하는 피해자들을 만났어요. 영화에 나오는 인물 중 '딘 껌' 아저씨는 정규 교육을 받지 못한 청각 장애인이에요. 공식 수어가 아닌 홈사인을 사용하기 때문에 소통이 더 어려운 사람이죠. 그래서 더 배제되었을 거예요. 하지만 계속 대화하다 보면 그 사람만의 언어 체계와 공식을 파악할 수 있기 때문에 어느 정도 대화가 가능하거든요. 저는 그걸 다른 사람보다 더 빨리 알아차릴 수 있었고요.

국가와 남성이 삭제하고 누락한 이야기를 발굴함과 동시에 지금까지의 전쟁 다큐멘터리와는 달리 차분하게 참상을 보여주는 전개 방식도 새로웠어요.

작품이 공개된 후 전쟁의 아픔에 대해 이야기하는 영화인데 왜 당시의 참상을 시각적으로 보여주지 않느냐는 질문을 여러 번 받았어요. 물론 자극적인 영상이나 사진을 보여주면 메시지 전달이 수월하고, 아마 지금보다 더 많은 사람들이 이 영화에 주목했을지도 몰라요. 그런데 저는 그런 영화는 만들고 싶지 않았어요. 전쟁의 잔혹함을 이야기하기보다 그곳에 남아 밥을 짓고 (민간인 학살 피해자들을 위한) 제사를 지내며 추모하고 서로를 먹이는 것이, 그 일을 하고 있는 사람들이 더 중요하다고 생각했어요. 저 역시 촬영 중에 그 집의 제삿밥을 얻어 먹었고 그 힘으로 계속 영화를 찍을 수 있었고요. 베트남 전쟁에 참전했던, 돌아가신 저희 할아버지가 민간인 학살에 가담을 했는지 알 수 없지만 저는 참전 군인의 손녀로서 영화를 찍는 내내 부채감과 죄책감을 가지고 있었거든요. 영화 주인공인 '응우옌 티 탄' 아주머니는 저의 이런 배경을 다 알고 있음에도 불구하고 헤어질 때 '밥 먹고 가'라고 하시더라고요. 저는 이 밥심이 중요하다고 생각해요. 서로 안아주고 보듬는 화해의 몸짓들이 모여 평화를 이야기할 수 있다고 봐요. 이를 바탕으로 각자의 자리에서 전쟁이 무엇이었는지 질문하고 대답해야 한다고요. 근데 제가 이렇게 답하면 충분하지 않다고 느끼는 사람들이 많은 것 같아요. '밥심으로 영화를 만든다'고 하면 무슨 그런 걸로 영화를 만드냐, 어리다고 하죠. 학살을 드러내고 고발하는 건 기성 세대가 하는 일이고 저는 3세대로서 다른 일을 해야 한다고 생각해요.

그것이 다양한 세대의 여성 감독들의 이야기가 더 만들어져야 하는 이유이고, 관객들이 다른 이야기들을 기다리는 이유겠지요.

맞아요. 저 역시 여성영화를 좋아하고, 여성영화제의 팬이기도 한데요. 지금의 한국적 맥락에서는 여성 감독이 만드는 여성영화가 많아져야 하겠지만 결국에는 여성영화라는 말이 사라져야 한다고 생각해요. 여성이 만든 영화, 소수자가 만든 영화, 퀴어가 만든 영화 같은 말들이 다 사라지고 그저 '영화'가 되는 게 저의 지향점이고, 그런 날들이 와야 한다고요.

오랜 시간 〈한겨레〉 신문에 칼럼을 써오고 있어요. 유독 악플이 많더라고요.

꼭 못생긴 게 이런 글 쓰더라, 이름 두 자 앞에 두 자 있으면 못생겼다. 뭐 그런 식의. (웃음)

그중 본인과 어머니, 할머니의 임신 중지 경험에 대해 쓴 '#나는_낙태했다'라는 제목의 글이 화제였어요.

그 글에 특히 악플이 많았어요. 당시 보신각 앞에서 열렸던 낙태죄 폐지를 요구하는 '검은 시위'를 지지하고 그곳에 함께하고 싶고 힘을 보태고 싶어서 썼던 글이에요. 쓰면서 많이 울었고 원고도 늦게 보냈어요. 개인적으로는 고통스러운 기억이지만 '나도 경험이 있다'라고 고백하는 데 그치지 않고 어떻게 하면 이 변화에 가속을 더하고, 한 걸음 더 치고 나갈 수 있을지 고민하며 썼던 글이에요.

칼럼을 읽으면서 여아 낙태를 해야 했던 할머니와 어머니를 지나 본인에 이르기까지 3대의 임신 중단이 거듭되는 동안 우리 사회는 조금도 나아가지 못했다는 참담함도 느꼈고요.

그 글에 대해 주로 남성들이 '네 할머니의 경우 (여자를 낳았다는 이유로) 아이를 유기한 것이니 엄연히 낙태라 볼 수 없다. 그러니 네 글은 논리적이지 않다'는 댓글을 달았어요. 하지만 넓은 시각에서 보면 여성의 몸을 누

"

결국에
여성영화라는 말이
사라져야 한다고 생각해요.

여성이 만든 영화
소수자가 만든 영화
퀴어가 만든 영화 같은
말들이 다 사라지고

그저 '영화'가 되는 게
저의 지향점이고
그런 날들이 와야 한다고요.

"

군가 통제하려 했고, 그런 사회적 분위기 안에서 여성들 스스로가 자신을 단속하며 이런 일들이 일어난 거잖아요. 저는 왜 이걸 사회적으로 이야기하지 못하는가에 대해 문제 제기를 했던 것이고요. 그런 댓글들을 보며 참 다르게 읽는구나, 여성이 왜 그런 선택을 할 수밖에 없었는지 조금도 이해하지 못한다는 생각을 했어요.

이 이야기를 바탕으로 다음 작품을 준비하고 있죠?

여성의 몸과 재생산권, 임신 중단에 대한 이야기예요. 졸업 작품으로 만들었던 16분짜리 단편을 장편화하고 있는데 재미있어요. 반응도 좋고요. 단편은 스튜디오에서 저, 엄마, 할머니가 각자 자신의 임신 중지 경험에 대해 이야기해요. 그리고 이를 바탕으로 한 장편에서는 1960년대 이후의 인구 조절 정책과 당시 미국과 유럽에 불고 있던 페미니즘 열풍을 함께 묶어 살을 붙이려고 해요. 박정희 정권의 경제 개발 5개년 계획과 맞물려 1960년대부터 시행한 인구 조절 정책은 미국의 전폭적인 지원으로 가능했거든요. 2차 세계대전 이후, 제3세계 국가들의 인구가 폭발적으로 증가하게 되면 다시 공산화가 될 거라 경계했던 미국의 염려와 우생학을 근거로 지원을 받았던 거예요. 동시에 68혁명 이후 여성은 자신의 몸을 스스로 통제할 수 있다는 주장 아래 피임약과 피임 기구들이 개발되고 보급됐고요. 이런 시대적 배경 위에서 한국 여성들은 드디어 우리 스스로 몸을 통제할 수 있게 됐다며 어머니회를 조직해 활발하게 활동해요. 박정희 정권의 경제 개발 5개년 계획이 성공했던 데는 여성들이 자신의 몸을 통제하며 가능케 한 인구 조절이 큰 역할을 했음에도 불구하고 역사는 이 점을 주목하지 않아요. 베트남 전쟁 파병이나 파독 광부 등 남성들의 외화 벌이에만 초점을 두죠.

그 안에서 유심히 바라보고 있는 건 무엇인지 궁금해요.

여성이 피해자라고 말하기보다 그 속에서 여성들이 어떻게 앞으로 나아갔는지에 대해 주목하고 싶어요. 인구 조절 정책은 정부와 남자가 주축이 돼 만들어졌지만 실질적으로 유의미한 활동을 한 건 대한어머니회였어요. 미국에서 들여온 피임 기구들이 안전성 검사를 충분히 거치지 않아 다량 출혈 등 부작용이 많았는데 문제가 생길 때마다 대한어머니회가 달려가서 여성들을 구했어요. 그리고 대한어머니회는 이 활동을 하면서 처음으로 국가로부터 회의비를 받는데, 이 돈을 받고 본인들이 굉장히 중요한 일을 하고 있다고 생각하며 고무되고 기뻐했다고 해요. 한국 여성들이 정말 대단한 게 이 돈을 헛되이 쓰면 안 된다는 생각에 얼마 되지 않는 회의비를 쓰지 않고 불려서 가정폭력 피해 여성 등 소외 여성을 도왔다고 해요. 일상에서 운동을 만들어낸 여성들의 이야기에 주목하고 싶어요.

우리 스스로를 피해자로 만들고 무력해지지 않으며 앞으로 계속 나아가는 것이 중요하겠죠.

저는 그런 태도가 모든 걸 부수고 앞으로 나아갈 수 있게 한다고 봐요. 그때 여성들이 만들어냈던 작은 연대가 이어지기만 했더라면 큰 물결이 됐을 수 있었을 테니까. 이런 것들이 희망이라고도 생각하고요. 거기에 씨앗 같은 것이 있지 않을까요. 누구나 그런 경험이 있잖아요. 처음 페미니즘을 알게 되고 여자들이 모여서 각자의 이야기를 하고 왜 이런 거지? 우리는 왜 이런 경험들을 하는 거지? 질문하고 답을 찾으면서 서로 힘을 주고받는 경험들은 모두 한 번씩 가지고 있다고 생각해요. 그때의 경험들을 잘 살려나가는 것이 중요한 것 같아요. 우리를 피해자로 만들고 셀프 독려 하기보다 연대 위로 한 걸음 더 박차고 나가야 뭐라도 만들어내고 바꿀 수 있지 않을까요. 이건 그동안 남성들이 결집해온 힘과는 다른 종류의 힘이라고 생각해요.

맞아요. 그 다른 종류의 힘을 가장 잘 보여주는 이들이 90 년대생 여자들이잖아요. 20~30대 젊은 여성들의 각성은 다른 차원의 속도와 세기로 변화를 만들고 있어요. 기성 세 대가 새 시대의 여자들에게 큰 빚을 지고 있다는 생각도 들 고요. 90년대생 여자들은 이전 세대와 무엇이 다르다고 생 각해요?

페미니즘이 다른 방식으로 리부트 된 것 같아요. 페미니즘을 잘 모를 때는 '내가 페미니스트는 아니지만' 이라는 말을 입버릇처럼 했거든요. 페미니스트는 어딘가 좀 이상한 거라고, 나는 아니라고 생각했던 거죠. 아마 또 래의 많은 여성들이 이런 인식에서 출발했지만 점차 다 른 방식으로 각자의 운동이 시작되었다고 봐요. 한국에 서 젊은 여성으로 각자도생하다가 특정 계기를 통해 온라 인을 기반으로 만났다는 느낌을 받아요. 일상 속 크고 작 은 폭력적인 경험들 속에서 이걸 어떻게 받아들여야 할 지 설명하지 못하다가 페미니즘을 만나고 '아, 이런 세계 가 있구나' 하고 깨달은 거죠. 이 모든 것이 SNS가 있었기 에 가능했고요. 그렇지 않으면 누가 어디에 있는지 알 수 없으니까. 온라인에서 활동하던 사람들이 서로의 존재를 광장에서 확인하며 혼자가 아님을 알게 된 것도 폭발적인 힘을 내게 된 이유 같아요.

다음 한발을 위해 필요한 건 무엇이라고 생각하나요?

계속해서 자기 이야기를 하는 여자들이 많아졌으면 좋겠어요. 누군가가 써서 주는 역사, 그걸 통해 배우는 역사 말고 자기 이야기를요. 저는 제 이야기가 제일 재미있거든요. 그래서 책으로 쓰고 영화로도 만드는 거예요. 이 재미있는 이야기를 왜 나만 알아야 하나, 모두 다 같이 듣자 하고요. 그렇게 각자 자기 이야기를 역사로 만들고 신나게 보여주고 떠들 때 다양성이 만들어질 수 있다고 봐요. 요즘 독립영화 신에서 여성 감독들의 약진이 있었잖아요. 저는 그분들이 다 각자 자신의 이야기를 하고 있다고 생각해요. 그동안 하지 못했던 자기 이야기를요. 그 이야기를 계속해나가야 한다고 생각해요.

삶 속에서 되고 싶고
기꺼이 사랑하게 되는
여성의 모습이 있다면요?

저는 롤모델이 없어요. 어렸을 때는 롤모델이 있었지만 언젠
가부터 사라진 지 오래됐고요. 다만 순간순간 제게 큰 힘을
준 사람들은 모두 용기 있는 여자들이었거든요. 용기가 있어
서 어떤 사람들이 보기에는 '아, 미쳤다' 싶은. (웃음) 이상하
고, 별난 행동을 하는 용감한 여자들. 그런 여자들을 너무 사
랑해요.

"

여성이 피해자라고 말하기보다

그 속에서 여성들이 어떻게 앞으로 나아갔는지에 대해 주목하고 싶어요.

"

쾌활함을 잃지 않으며 시대와 불화하고, 싸우는 것이 가능할까. 낙담이 길어질수록, 추스르고 다시 일어나야 하는 일이 잦을수록 끝내 활기차고 싶다. 이길보라 감독과의 대화가 두고두고 오래 남는 건 그가 튼튼하게 잘 싸우는 사람이어서다. 묵묵히 해야 할 일을 하기보다 가능한 큰 성량으로 자신을 알리고, 무엇을 이야기하고 싶고 바꾸고 싶은 사람인지 공들여 말하고 행동한다. 그리고 그 과정에서 그는 자신을 결코 혼자 두지 않는다.

잘 싸우는 비결에 대해 그는 "혼자 싸운다고 생각하지 않는다"고 답했다. 매일 크고 작은 절망 속에서 자신과 연결된 사람이 누구인지 알고, 그들과 만들어가는 작은 변화들에서 동력을 얻는 것이다. 실제로 최근 그는 책 《해보지 않으면 알 수 없어서》를 발간하며 책 홍보를 위한 북트레일러를 수어로 촬영하고, 북토크 행사에 수어 통역사와 함께했으며, 수어 통역사와 나란히 앉아 인터뷰에 임했다. '차별금지'를 한 음절씩 수어로 표현한 그의 표정과 손짓은 〈한겨레 21〉의 표지 사진이 되기도 했다. 이미 세 권의 책을 쓴 그이지만 전에 없던 변화다. 이길보라 감독이 먼저 제안하기도 하고, 반대로 권유받아 이뤄진 시도들이다. 그리고 그는 이 일련의 과정과 결과들이 "정말이지 즐겁다"고 했다.

소명이나 사명이 아닌 천진한 즐거움이 그를 계속 싸우게 한다. 경험에 의미를 두고 한 걸음씩 전진한 것이 그의 삶의 반경을 넓혔듯, 이길보라의 쾌활한 싸움은 우리가 사는 세계와 인식의 폭을 한 발자국씩 확장시키고 있다.

1992 ──────────────── 작가

이슬아

"

어떤 일이
일어나도 그것을

상처로 만들지 않을
힘이 나에게 있다고
말이에요.

회복의 힘이
내게 있으니까.

"

'일간 이슬아'를 발행하고 헤엄출판사를 운영한다. 20~30대 여성 독자들의 지지 아래 다양한 문학예술 행사에 서고, EBS FM '이스라디오' DJ로 활동하고 있다. 그림에세이 《나는 울 때마다 엄마 얼굴이 된다》, 수필집 《일간 이슬아 수필집》과 《심신단련》, 인터뷰집 《깨끗한 존경》, 서평집 《너는 다시 태어나려고 기다리고 있어》를 냈다. 오랜 시간 10대들에게 글쓰기를 가르치며 아이들로부터 배운 것을 책 《부지런한 사랑》으로 묶었다. 이토록 부지런히 써놓고 그는 오늘도 쓰고 있다. "어느새 너는 숙련된 세탁소 사장님처럼 글을 쓴다고. 혹은 사부작사부작 장사하는 국숫집 사장님처럼 글을 쓴다"는 친구의 말을 최고의 찬사라 여기며.

"사랑을 하는 동안에는 나쁜 일이 자신을 온통 뒤덮도록 내버려두지 않았다. 나쁜 일이 나쁜 일로 끝나지 않도록 애썼다. 우리가 모든 것으로부터 배우고 어떤 일에서든 고마운 점을 찾아내는 이들임을 기억했다. 사랑은 불행을 막지 못하지만 회복의 자리에서 우리를 기다린다."*

이슬아 작가의 이 문장을 절친한 선배 언니의 결혼식에서 축사로 낭독했다. 완전한 행복과 축복만이 있어야 할 자리에서 '나쁜 일' '불행' 같은 단어를 입 밖에 내는 게 불경스러운 듯했지만 도리가 없었다. 두 사람이 서로를 보듬고 살피겠다는 약속의 순간에 내가 전하고 싶은 말이 그 문장에 온전히 있었고, 나는 이보다 더 정확하고 아름답게 말할 수 없기 때문이었다.

이른 아침, 이슬아 작가의 글을 읽고 나면 이런 나라도 다시 잘 살아볼 수 있을 것만 같다. 그건 그가 사랑과 용기에 대해 이야기할 때도 슬픔과 두려움, 실패에 대해 써 내려갈 때도 마찬가지다. 나는 이슬아의 삶과 글의 간극은 알지 못한다. 하지만 적어도 '사랑은 불행을 막지 못하지만 회복의 자리에서 우리를 기다린다'는 문장을 쓰는 이라면 부단히 애쓰는 사람임을 안다. 부지런히 새로 마음먹으며 매일 밤 적어 내려갔을 그의 글은 독자 한 명, 한 명의 등을 쓰다듬고 다독인다. 한 뼘만 더 앞으로

---

* 이슬아, 《심신단련》, 2019, 헤엄출판사, 309p

가자고, 한 치만 새로워지자고, 우리에게 그런 힘과 사랑이 충분히 있다고 말이다.

이슬아 작가는 1인분의 삶을 충실히 꾸려온 이다. 심지어 자신이 가장 좋아하는 방식으로 자신을 건사한다. 어디에도 소속되지 않은 채 좋아하는 일로 돈을 벌고 삶을 채워간다. 하고 싶은 일을 잘 해내기 위해 애쓰되 하기 싫은 일은 하지 않는다. 하기 싫은 일을 하지 않기 위해 할 수 있는 일에 힘껏 최선을 다한다.

외부로부터 선별되고 호명됨으로써 시작된다고 믿어온 문단에서 그를 작가라고 가장 먼저 부른 사람은 이슬아 자신이다. 그는 신문사나 출판사 등 어떤 플랫폼도 거치지 않은 채 '일간 이슬아'를 통해 독자를 모았다. '청탁이 안 들어오면 내가 나를 청탁한다'는 영민하고 대범한 시작이었지만 혹독한 노동이 뒤따랐다. 한 달 구독료 만원, 한 편에 500원. 글 값 500원의 무게와 책임이 매일 노트북 앞으로 그를 밀었다. 스스로 선언함과 동시에 책임을 짐 지우고서 매일 자정 독자에게 약속한 글을 보냈다. 어떤 날은 응급실 침대에서, 어떤 날은 먼 여행지에서.

이후 요령 없이 쌓인 글을 모아 단행본으로 묶었고 이 과정에서 그는 스스로 출판사 대표이자 대표 작가가 돼 책 제작과 유통, 홍보와 마케팅, 고객 응대 등 출판의 전 과정을 제 손으로 해냈다. 이제 그는 눈앞의 1인분의 삶을 꾸리는 것을 넘어 동료 작가의 책을 만들고, 그들을 알리는 데도 자신을 널리 사용한다.

이슬아 작가를 만나 20대 여성으로서 이탈과 자립이 그에게 준 것, 플랫폼의 선택을 기다리지 않고 스스로 플랫폼이 되고자 한 용기와 실행력, 생계를 운영하는 책임감과 맷집 등에 대해 듣고자 했다. 하지만 그 자신과 그간의 성취를 상찬하는 질문에 대해서 그는 '음… 그렇긴 한데요'로 시작해 '마냥 그렇지만은 않다'로 급선회했다. 인터뷰 내내 그는 자신이 얼마나 강하고 나약한지, 신중하고 경솔한지, 자립적이고 의존적인지 감추지 않았다. 자신을 바라보는 태도는 타인에게도 동일하게 적용됐다. 여성으로 사는 일, 지금의 여성주의 운동에 대해서도 마찬가지였다. 덜 선명한 말들, 직선이 아닌 시선에 어쩐지 숨이 쉬어졌다. 대화 도중 그 에두름 안에 들어 있는 것들이 언뜻언뜻 빛을 냈다. 누구도 단죄하고 싶지 않은 마음, 더 들여다보고 신중하고 싶은 마음들이. 마주 앉은 지 얼마 지나지 않아 내가 왜 이토록 그를 만나고 싶었는지 그 이유를 알게 됐다.

유선애 삶의 중요한 기점마다 내린 결정과 선택의 총합이 한 사람이라고 한다면, 이슬아 작가는 자아가 형성된 이후부터 늘 독립적인 선택을 해왔다고 짐작하게 돼요. 그 첫 선택이 대안학교였고요.

이슬아 음… 반만 그런데요. 중학교 과정의 대안학교에 입학하는 아이가 선택을 한다고 해봤자 부모의 영향이 있을 수밖에 없으니까요. 교육에 대한 대단한 생각이 있었던 것도 아니었고요. 당시 제가 살던 시골에는 읍내에 일반 학교가 단 한 곳이 있었는데 그 옆에 마침 대안학교가 생겼어요. 가까워서 간 거죠. 지금껏 뭔가를 선택할 때 거리가 굉장히 중요했거든요. 헬스장부터 애인까지도. 다만 일반 학교에서는 여학생의 경우 귀 밑 2cm의 단발 규정이 있었거든요. 당시에는 제 긴 머리를 좋아해서 머리 자르기 싫어서 선택한 것도 있어요.

대단한 포부나 의지가 아닌 기대 없는 선택에서 얻은 의외의 것들도 있었어요?

청소년기는 생생하고 약한 시기이니까 어느 학교에 갔더라도 영향을 받았을 거예요. 다만 기숙사가 지닌 시공간적 특수성이 있잖아요. 입학 뒤 적어도 5~6년은 동일한 인물들과 24시간 내내 붙어 살아야 한다는. 그 안에서 인물 한 사람, 한 사람에 대해 할 말이 많아지는 것 같았어요. 날마다 사건 사고가 벌어지고, 서로를 미워했다가, 좋아했다가, 질투했다가, 어떤 때는 이 아이와, 또 다른 때에는 저 아이와 친해지며 관계의 지형이 계속 변화하는 거죠. 그 시절 여자들의 우정은 아주 살벌하기도 하니까요. 그때 여러 명이 등장하는 글을 일기로 자주 썼던 것들이 나름의 훈련이 아니었을까 생각해요. 드라마 〈오렌지 이즈 더 뉴 블랙〉을 진짜 좋아하는데 거기에서는 여자들이 얼마나 위대한지뿐만 아니라 얼마나 치사하고, 못났는지 적나라하게 드러나잖아요. 어떤 인물도 마냥 좋아할 수도, 미워할 수도 없게 되고요. 제가 〈오뉴블〉 같은 명작은 못 쓰지만 기숙사에서 생활하며 인물을 입체적으로 볼 수 있는 시선은 갖게 된 것 같아요.

10대부터 꾸준히 글을 써왔지만 문단 내 등단 시스템의 동의와 인정 없이 스스로 작가가 돼 독자를 만들어나갔어요. 당시 어떤 마음이었는지 궁금합니다.

〈한겨레 21〉의 '손바닥 문학상'으로 좋은 상을 받았지만 그걸 '진짜 등단'으로 인정하지 않거든요. 그러니 문단에 소속돼 있지 않다는 열등감, 소외감도 있었던 것 같아요. 근데 결국 자기가 깃발을 꽂고 가야 하는 거더라고요. 그래서 쓰는 일로 한 달에 5만 원밖에 못 벌 때에도 스스로 작가라고 주장했어요.

누군가 나를 선택하고 고용해주길 기다리는 편은 아니었네요.

일단 작은 상이 제게 격려가 되었고요. 이후 자잘한 청탁이 왔는데 이 일로 천 원이라도 벌면 그때부터 프로가 되는 것이라 생각했어요. 돈을 받는 것과 안 받는 것에는 차이가 있으니까요. 그렇게 프리랜서로 5년 정도 일했을 때는 글 쓰는 일로 생활비를 벌었기 때문에 나는 작가일 뿐만 아니라 이 일로 생계를 유지하는 '연재노동자'라고 명명했고요.

하지만 혼자 분투하는 과정은 외롭잖아요. 어느 날 갑자기 없던 인정 욕구가 솟아오르기도 하고요.

인정 욕구가 강했지만 종류가 달랐던 것 같아요. 20대 초중반까지는 어딘 글방 ^{청소년 여행학교 로드스꼴라 대표 교사 어딘 (김현아)이 운영하는 글쓰기 수업} 에 글을 잘 써가는 것이 가장 중요했어요. 그래서 대학은 대충 다녔고요. 어딘 글방의 스승과 동료들의 안목을 신뢰하고 거기서 쓰인 글들을 좋은 글이라고 생각했기 때문에 그곳에서 성장하는 것이 제겐 너무 너무 중요한 일이었어요. 지난주에 글로 엄청 욕을 들었으니까 이번 주에 그걸 만회해야 한다는 욕구가 가장 강했던 것 같고요. 좋은 글을 매번 써가려면 공부를 해야 하고 글도 계속 여러 번 고치고 다시 써야 하잖아요. 이 과정을 반복하다 보면 뭐가 되지 않을까 싶은 믿음도 있었고요.

스스로 생계를 꾸려나가는 과정 중 하고 싶은 일과 생계 사이에서의 부딪침은 없었나요? 무엇보다 글 쓰는 일은 돈이 되질 않잖아요.

돈을 중요하게 여겼으니 중간에 글쓰기를 그만둘 확률이 높긴 하지만 이 역시 어딘 글방을 계속 다녔기 때문에 포기하지 않았던 것 같아요. 대신에 그때그때 실용적인 최선을 다했어요. 가장 중요한 건 한 달의 생활비와 월세를 버는 것이니까요. 이를 충당할 돈벌이가 글쓰기라면 좋겠지만 글쓰기로 충분치 않을 때는 다른 일도 많이 했어요. 누드모델로 3년을 일한 게 집필 노동자로서 내 권리를 주장하는 데 큰 도움이 됐죠. 누드모델은 내가 직접 현장에 가서 일을 하고 이에 대한 시급을 받는 거잖아요. 그 과정이 참 단순 명료해요. 글쓰기나 누드모델 중 무엇이 더 숭고하다거나 천할 것 없이 내 몸과 마음, 영혼을 써서 하는 일인데 왜 유독 문학 세계에서만 돈 이야기가 확실치 않고, 늦게 주고, 언제 줄지 이야기하지 않는지 불만이었어요. 이곳도 시장이고 업계인데 풍토가 왜 이럴까. 그래서 다른 작가들에 비해 돈 이야기는 확실히 했어요.

겸연치 않으며 권리를 요구하는 능력, 생계를 꾸려가는 책임감과 맷집을 키워가며 자신도 몰랐던 자립적 기질을 발견하기도 했을 것 같은데요.

생계를 이어가려는 책임감과 맷집이라고 이야기할 때 '맞아. 나는 맷집이 있지'라고 생각하는데요. 하지만 그게 자립적 기질, 주체적인 자신과 연결됐다고 보긴 어려워요. 자립적이고 주체적이라 하기에는 귀가 얇고 많이 휘둘려요. 어떤 연애를 하고 있느냐에 따라 일과를 완전히 재배치하기도 하고, 시간을 올인하기도 하고요. 이게 어떻게 자립적인 사람인가요. 갈대 같은 사람이지. 하지만 갈대 같은 와중에도 열심히 생계는 챙겼어요. 누구를 사랑해서 얼마나 좋고, 힘듦과는 별개로 계속 유지했던 것이 내 공간과 내 몸을 가꾸고 돌보는 거었어요. 내가 좋아하고 편안하게 느끼는 집. 그곳이 반지하든 투룸이든 내 공간을 확보하고 청소하고 가꾸며 정을 붙이는 것은 늘 반복했던 일이에요. 그 집에서 살면서 달리기, 체조, 요가, 헬스 등 어떤 운동이든 했고요. 집을 치우고 몸을 단련하는 것. 이게 저의 자립에서 가장 중요한 부분 같아요. 유진목 시인의 책에 집을 치운다는 건 계속 살고 싶게 하는 것이라는 말이 있어요. 내가 계속 살고 싶도록 집을 치우는 거죠. 힘이 다 빠지고 살고 싶지 않은 날에도 활기를 얻도록 미리 집을 치워 놓기도 한다고요. 그렇게 공간에 활기를 넣고 스스로에게 씩씩함과 명랑함을 부여해왔던 것 같아요.

그렇게 1인분의 삶을 꾸리며 사는 건 왜 중요하다고 생각해요?

그래야 내가 무엇을 얼마만큼 할 수 있는지 아니까요. 일을 한다고 하더라도 부모와 같이 살면 정서적으로 완전히 독립할 수 없다고 생각해요. 혼자만의 공간을 갖고 그 공간이 온전히 나의 책임인 것 역시 소중했어요. 두려운 일이기도 하지만 내가 꾸려갈 수 있는 삶의 규모를 정확히 알고 지속하는 것이 중요하다고 봐요.

스스로 결정하고 실행하고 지속하는 능력은 부모님의 영향도 있었다고 짐작돼요. 작가님 글에 자주 등장해온 좋은 두 분이요.

하고 싶은 것들을 참지 않고 많이 해본 편인데요.

그건 지지해주는 사람이 있었기 때문에 가능했던 것 같아요. 그런 면에서 부모가 정말 좋은 지지자였고요. 경제적으로 엄청나게 도움을 준 건 아니었지만 믿어주는 게 있었어요. 언제든지 내가 실패해도 돌아갈 곳이 있다는 것. 그 정서적인 비빌 언덕이 진짜 보물 같은 것이더라고요. 사실 20대 내내 부모가 전세금을 대주는 친구들을 정말 부러워했거든요. '너는 출발선이 다르다'고 하며 샘내고요. 근데 저에게는 다른 아이들에게 없는 어떤 것이 있었어요. 엄마 아빠의 다정함. 이걸 가지지 못한 사람들이 많다는 것을 알게 된 이후부터는 자랑을 못 하겠더라고요. 첫 책 《나는 울 때마다 엄마 얼굴이 된다》를 냈을 때도 너무 드문 사례를 훌륭한 엄마의 표본으로 제시하는 것일까 봐, 자랑하는 책으로 읽힐까 봐 두려웠어요. 다른 모든 엄마들도 자기의 최선이었을 텐데. 독자가 박탈감을 느낄까 염려가 되어서 그런 부분을 최대한 덜어낸다고 덜었는데 잘 됐는지는 모르겠어요.

부모의 지지 아래 하고 싶은 것들을 참지 않으며 문단의 문익점으로 시작해 이제는 문학예술 행사계의 장윤정이 됐습니다. (웃음) 북토크에서는 기타를 치고 노래도 하고요. 영화 GV 진행과 라디오 DJ로까지 영역을 넓혀가고 있어요.

할 수 없거나 하기 싫으면 안 했을 텐데 잘할 수 있을 것 같기도 하고. (웃음) 무대에 서는 게 많이 어렵지는 않아요. 그리고 다른 작업자들과 애매하게 콜라보레이션 하느니, 제가 직접 다 하는 게 나은 것 같았어요. 협업해서 좋아지는 일도 있겠지만, 협업해서 후져지는 일도 있으니까요. 저의 작은 재주들을 종합적으로 관리하며 무대에서도 쓰는 편이에요.

그래서일까요. 한계선을 정하지 않고 '할 수 있는 것은 다 한다'는 느낌을 줘요.

괄호를 넣어야 할 것 같아요. 할 수 있는 것은 '돈을 주면' 한다인데요. (웃음) 원체 좀 구체적으로 말하는 사람들, 부모 사이에서 자라나서 돌려 말하지 않고 정확하고 자세하게 구체적으로 말하는 기질이 있는 것 같아요. 20대 내내 프리랜서 생활을 하면서 내 시간을 쓴다는 것에 대해 예민해진 부분이 있어요. 프리랜서는 출퇴근이 확실하지 않으니까 자기 시간을 자기가 지켜야 하더라고요. 이때 일의 내용이나 대가가 확실하지 않은 상태라면 직장인보다 오래 일하게 되고요. 여가의 시간, 좋아하는 일을 할 수 있는 시간이 확보되지 않는 것에 대한 두려움이 있어서 이를 지키려 하다 보니 대가를 따지게 됐어요.

지금까지 자기 자신으로 살아왔다고 생각해요?

적어도 하라는 대로 살아온 것 같지는 않아요. 그
때그때 원하는 것을 잘 알았던 것 같고요. 하지만 자기 자
신으로 사는 게 뭔지 모르겠어요. 왜냐하면 평생 남의 눈
으로 나를 보며 사는 것 같다는 생각이 들거든요. 사회의
시선으로 자신을 보기 마련인데 사회의 시선이라는 것이
가부장제, 남성의 시선이니까요. 두 눈을 뺐다 다시 넣지
않는 이상… 내가 진짜 내 시선으로 나를 보는 순간이 있
기나 했나 싶거든요. 너무 공기처럼 숨 쉬는 가부장제였
으니까요.

그 가운데서 젊은, 여성, 프리랜서로 사는 일은 어땠어요?

음… 어디까지 이야기해야 하지. 웹툰계에 진입했
을 때 제가 만화를 전공한 것도 아니고 만화판의 경력이
있는 것도 아니었거든요. 누군가로부터 웹툰 쪽이 작업만
으로 생계를 유지할 수 있을 만큼 돈이 돌고 있다고, 너는
웹툰을 해봐도 좋겠다는 이야기를 들어서 웹툰계를 얼쩡
거렸던 때가 있어요. 거기 중년 남자 작가들이 많았어요.
이상하게 신인들은 여자도 많은데 정작 중요한 결정권을
가진 이들은 거의 다 남자더라고요. 일이라는 게 대중에
게 직접 나를 알려서 기회를 얻을 수도 있지만 어떤 사람

과 친해서, 혹은 그 사람에게 잘 보여서 연결되는 경우도 많잖아요. 그러니 프리랜서로서 일을 받을 때에는 중년 남자 선배들과의 친분, 원활한 관계가 필요한 거죠. 제가 그걸 못하지 않았고요. 어떤 척을 했다기보다 나름의 즐거움도 있었고 실제로 좋은 분들도 많았어요. 회식 자리가 몇 번 반복됐는데 그때마다 예쁘게 입고 가고, 즐겁게 이야기하고, 나를 잘 소개하고 잘 보이려는 노력이 있었는데 어느 순간 기분이 굉장히 이상하더라고요. 분명히 재미있고 좋았는데 집에 돌아오는 길에 약간의 찜찜함을 느끼곤 했어요.

웃으며 헤어졌지만 뒷맛이 쓴 자리, 너무 잘 알겠는데요.

그 자리에 얼평, 몸평이 있었기 때문 같아요. 페미니즘 리부트가 일기 직전이었기 때문에 누가 그런 이야기를 해도 자연스러운 때였거든요. 이후 데뷔를 하고 일이 꾸준히 들어오고, 커리어가 계속 쌓여갈 때 가장 좋았던 점은 '예쁘고 실력 있는 신인 후배로 선배들에게 잘 보이기 위해 애쓰지 않아도 된다'였어요. 실질적인 도움은 되지 않았지만 인간적으로 고마운 남자들도 있고, 반대로 정말 힘들었던 여자 어른도 있었지만 적어도 어떤 조직에서 남자들이 잡고 있는 권력이 무엇인지 그 그림을 조금

본 것 같아요.

**과거 누드모델 일을 한 이유 중 하나로 '몸을 미워하고 싶지
않아 시작했다'고 답한 걸 본 적 있어요. 어떤 문제에 대해
정면 돌파하는 사람 같다고 생각했어요.**

정말 많은 여자들이 이런저런 이유로 자신의 몸
을 미워하며 자라는 것 같아요. 초등학교 때부터 계속 바
디 토크를 하잖아요. 나는 여기가 어떻고, 나는 너의 어디
가 부럽고 식의 대화들. 너는 가슴이 크잖아, 나는 다리가
짧잖아 유의 바디 토크를 해본 적 없고, 몸에 대한 콤플렉
스 없는 여자가 대한민국에 얼마나 될까요. 늘 원하는 상
이 있었고, 저 역시 사회적 미감에 사로잡혀 있었기 때문
에 20대 초반까지도 내 존재가 부끄럽고 싫었거든요. 청
소년기에는 구혜선과 반윤희가 최고의 미인이었는데 (웃
음) 그 미감에는 나의 모든 부위가 들어맞지 않는 거죠. 일
단 하얗지 않고, 눈이 커다랗게 쌍꺼풀지지 않았고, 턱이
갸름하지 않고, 다리가 굵고, 골반과 엉덩이가 컸으니까.
발육 과정에서 골반만 커졌거든요. 말랐는데 엉덩이만 큰.
내 몸 전체가 콤플렉스여서 격렬하게 미워하고 죽고 싶을
때가 있었어요. 당시에는 마음보다 몸이 앞서 자라다 보니
하루하루 몸은 변화하는데 이 변화가 어색하니까 내 몸을

안 친한 친구 대하듯 대했어요. 이제야 몸이 좀 편해졌죠.

편해지는 과정은 순조로웠어요?

스무 살이 되고 몇 번의 연애와 어떤 섹슈얼리티를 경험하면서 내 몸을 보여준다는 것, 내가 어떤 몸을 욕망하고, 누가 내 몸을 욕망하는 것이 엄청나게 매혹적이면서도 편안한 일이기도 하다는 걸 느꼈어요. 마음이 좀 이완된 것이죠. 그래도 한참 멀었었는데 누드모델을 하기 전 내가 이 일을 통해서 조금 더 자유로워질 수 있겠다는 직감은 있었어요. 왠지 저쪽 세계로 가보고 싶다? 조금 더 과감해지고 홀가분해지고 싶다는 마음이 있었어요. 그래서 실제로 홀가분해졌고요. 정말 많은 여자, 남자의 알몸을 봤거든요. 맨 등과 엉덩이, 성기를 3년 동안 보니까 되게 편안해지는 어떤 게 있잖아요. 둔해지기도 하고요. 봐도 별 생각 안 들고. 어떤 몸이든 각자 나름의 아름다움이 있다는 생각과 동시에 어떤 몸이든 초라하다는 걸 알았죠. 그리고 이 과정에서 모든 몸이 아름답다는 생각보다 더 자유를 준 게 모든 몸이 초라하다는 사실이었어요. 어차피 다 조금씩 예쁘고 초라하니까요. 여기가 조금 작고 크고가 중요한 문제가 아니고, 아직도 체형이 나의 화두가 된다는 것이 지겹게 느껴질 정도로요. 그 이후로 입고 싶은 대로 입고 이 체형 그대로 편하게 만족하면서 살았던 것 같아요. 그게 좀 결정적이었던 것 같아요.

2016년 강남역 살인 사건 이후 20~30대 많은 여성들의 시선과 태도가 변화했죠. 이슬아 작가 역시 이 사건에 영향을 받았나요?

당연히 받았죠. 너무 끔찍했으니까요. 2016년 그렇게 죽임당한 여자가 있었다? 근데 여전히 비슷한 사건들이 계속 일어나고 있다? 지금뿐만 아니라 미래에도 기억할 엄청난 사건이라는 거죠. 다만 이 사건에 대해 생각을 확정하지 않고, 어떤 말을 덧붙일지 유심히 보고 공부하는 단계예요. 페미니즘 이슈와 직접적으로 닿아 있는 글을 쓸 때마다 고민이 많이 돼요. 무엇을 쓰든 그게 페미니즘 진영 안에서만 환호받는다면 아쉬울 것 같아요. 바보 같은 남자들도 제 글을 많이 읽어야 뭔가가 바뀔 거잖아요. 그러려면 재미가 있어야 한다고 생각하고요. 김금희 작가님이 하신 말 중에 자신은 글을 쓸 때 적들도 좋아할 만한 징검다리를 넣는다고 해요. 내 생각에 동의하는 사람 외에도 나의 반대편에 있다고 생각하는 사람도 자신의 작품을 읽도록, 그들이 이쪽으로 건너오고 싶은 매력적인 징검다리, 소설적 장치를 넣고 최대한 많은 독자를 확보한다고 하시더라고요. 비슷한 생각을 이미 공유해온 사람들에게만 통하는 글 말고, 정치적으로 다른 입장을 가진 사람들도 즐겁게 들어올 만한 문이 활짝 열린 글을 쓰고 싶어요.

맞아요. 가치관이 부딪히는 사람은 당연히 있을 수 있고 혹은 같은 입장, 같은 행렬 안에 있다 해도 저마다의 속도가 다르기도 하잖아요. 이때 뒤처지는 사람을 질책하는 게 아니라 손 내미는 태도가 우리가 바라는 변화의 모습 같고요. 제가 작가님께 처음 인터뷰 제안을 드릴 때 '젠더 감수성의 정도가 각기 다른 10명의 인터뷰'라는 점을 강조한 것도 그런 이유에서였어요.

행렬의 최전선에 계신 분들도 있잖아요. 그분들이 해내는 것이 분명히 있고 앞에 선 분들께 빚지고 있는 게 있다고 생각해요. 저는 그 행렬의 중간 혹은 뒤에서 비교적 친절하고 부드러운 손짓과 언어로 이곳으로 오라고 하고 싶어요. 그게 제가 할 수 있는 행보가 아닐까라는 생각이 들어요.

행렬의 중간자로서 할 수 있는 일에 대한 고민도 있나요?
페미니즘 안에서 때때로 여성으로 사는 게 힘들기

> 집을 치우고 몸을 단련하는 것.
> 이게 저의 자립에서
> 가장 중요한 부분 같아요.
>
> 내가 계속 살고 싶도록
> 집을 치우는 거죠.
>
> 그렇게 공간에 활기를 넣고
> 스스로에게 씩씩함과 명랑함을
> 부여해왔던 것 같아요.

도 하거든요. 이 안에도 여러 갈래가 있고, 여자가 여자를 혼내는 걸로도 많이 싸우잖아요. 어느 정도 이름이 알려지고 난 뒤에 몇몇 페미니스트로부터 분노 섞인 메일을 많이 받았어요. 제가 소중히 여기는 사랑 이야기를 썼다고 생각했는데 너는 남자를 너무 좋아한다, 이성애를 전시한다부터 당신은 영향력 있는 창작자이고 잘 읽히는 이야기를 쓰는 사람인데 왜 정치적 레즈비언이 되지 않느냐고 비판하는 메시지가 올 때도 있어요. 그분들의 주장에 따르면 이성애자, 기혼 여성, 출산 여성은 모두 페미니스트가 아닌 거죠. 저는 비연애, 비섹스, 비혼, 비출산을 하는 것만이 완성된 페미니스트라고 말하고 싶지 않아요. 아주 많은 한국 여성들에게서 페미니스트 자격을 박탈하는 말인 것 같아요. 처음에는 메일이 공격적으로 오니까 무서웠어요. 노브라 지적이나 외모 평가 같은 피드백은 더 이상 제게 기별도 안 갈 소리지만 세공된 언어로 채워진 이 메시지들은 쉽게 넘길 수가 없어요. 한쪽은 이렇고, 근데 또 다른 한쪽에서는 영화 〈82년생 김지영〉 보는 것만으로도 난리가 나니까.

저만 해도 출산을 앞둔 기혼 여성이잖아요.
저는 비혼의 물결 가운데서 유일하게 결혼하고 싶

다고 말하는 사람이거든요. 정확히 말하면 결혼이 하고 싶다기보다 출산과 양육이 하고 싶어요. 소위 말하는 '정상 궤도'가 탐나서는 아니고요. 희귀한 사례지만 부모에게 받았던 것들이 좋았기 때문에 저도 누군가에게 최선을 다하고 싶기도 해요. 또 출산과 양육이야말로 내가 가장 많이 배울 수 있는 계기가 될 것 같고요. 몸이 지닌 기능을 써보고 싶다는 생각도 있어요. 어떠세요?

아직 출산과 양육으로까지 진입하진 않았지만 직감적으로 알죠. 절대 번복할 수 없는 인생의 중차대한 일이 내 의지로 벌어지고 있다는 것을요. 동시에 복잡해지죠. 인생을 건 내 결심과 실천이 누군가에게는 가부장제에 대한 복무이고 비난받아야 할 일이라는 것이요. 일찍이 (페미니스트) 자격 심사에서 서류 통과도 못 하게 되는 것 같고요.

제 경우에는 북토크 끝나면 질의응답을 하잖아요. 대체로 다정한 분위기 속에서 아름다운 말들이 오가지만 '이슬아 작가, 지금 당신은 페미니즘을 위해 무엇을 하고 있냐'고 물어보는 분이 있었어요. 그런 질문을 받으면 괴롭잖아요. 뭐라고 대답할까 하다가 이 시대에 여자로 태어나서 건강하고 행복하게 살고 있는 것만으로도 많은 걸 하고 있는 것 같다고 했어요. 이 사회에서 살아야 하는 여성이라면 페미니즘을 공부 안 한 사람도 일상에서 피부로 느낄 수밖에 없는, 싫어도 획득되는 게 여성주의적 시각인 것 같단 말이에요. 공부한 만큼이 페미니즘적 시각이라면 그만큼 배제되는 여성들이 많죠. 저는 많은 여성들이 행복하고 건강했으면 좋겠어요. 남자도 마찬가지예요. 페미니즘적 활동의 성과를 평가하려는 그 질문이 일면 무례하고, 여자들이 서로에게 가혹하다는 생각이 들었어요. 우리 이러지 말자, 서로 너그럽게 봐주고 훨씬 더 심각한 것에 대해 힘을 합하자고 말하고 싶었는데 거기서 그런 이야기를 하지는 못했어요.

삶 속에서 되고 싶고,
기꺼이 사랑하게 되는
여성의 모습이 있다면요?

여성만 가지고 있다기보다 확률상 여자에게서 더 많이 발견되는 기질이라 할 수 있을 것 같은데요. 인터뷰집《깨끗한 존경》을 묶으며 네 명의 인터뷰이를 만났어요. 여자 두 분, 남자 두 분이었는데 네 사람이 다 다른 면에 있어 용감한 사람들이라고 생각했어요. 저는 누군가의 용기를 배우는 일을 좋아하는데요. 용기가 있으려면 너무 자기 안에 갇힌 사람이면 안 되는 것 같아요. 네 사람은 모두 다른 존재와 잘 연결되는 사람이었어요. 나밖에 못 보는 사람 말고 저 사람에게로 시선을 이동할 수 있는 사람, 내가 저 인생을 살아보지 않았지만 그 자리로 가서 왠지 그 사람이 볼 법한 눈으로 세계를 볼 수 있는 사람들이 바로 제 인터뷰집에 나오는 이들이에요. 그런 사람들은 너무나 감탄스럽죠. 그리고 제 글쓰기가 가야 할 방향인 것 같아요. 그런 사람들을 제 글 속에 데려오고 싶고, 저도 그런 사람이 되고 싶어요.

이슬아

오늘 만난 이슬아 작가는 누구도 쉽게 다치게 할 수 없을 것 같다는 생각이 들어요.

근데 저 잘 다쳐요. 당연히 누군가 나를 다치게 할 수 있죠. 언젠가 제자들에게 '너를 진짜로 상처 낼 수 있는 사람은 너밖에 없다'는 말을 한 적이 있어요. 최종적으로 네가 너를 상처 내지 않으면 괜찮다고 말해주고 싶어서 그 말을 한 건데 저 역시 저에 대해서 그렇게 믿고 싶거든요. 어떤 일이 일어나도 그것을 상처로 만들지 않을 힘이 나에게 있다고 말이에요. 회복의 힘이 내게 있으니까. 일단 잘 살아보고 싶어요.

조심스러움과 다정함에 감화돼 그렇죠 하며 고개를 연신 끄덕이다 보니 약속한 시간이 훌쩍 지나 있었다. 이날은 그의 신간 제작 발주를 넣는 중요하고도 바쁜 날이기도 해서 인터뷰 도중 (인쇄소로 추정되는) 전화를 받아야 했다. 그에게 두 번째 전화가 걸려왔을 때 시간을 너무 뺏었다는 생각이 뒤늦게 들었다. 짧게 인사하고 그의 집을 허겁지겁 뛰어나왔다. 파주의 고요한 허허벌판에 서서 숨을 고르고 신발을 고쳐 신는데 달고 미지근한 기운이 올라왔다. 이른 아침 그의 글을 읽고 났을 때와 비슷한 기분이었다. 이제라도 잘해볼 수도 있을 것만 같은, 익숙한 날을 새롭게 잘 시작해볼 수도 있을 것 같은 기분.

가장 했어야 하는 질문은 왜 헤어지고 나서야 알아차리게 되는 것일까. 이슬아 작가 특유의 '등 두드리는 다정' '다정한 선동'에 대해 생각하던 차에 소설가 올가 토카르추크의 말을 만났다. "다정함이란 다른 존재, 그들의 연약함과 고유한 특성, 그리고 고통이나 시간의 흐름에 대한 그 존재들의 나약한 속성에 대해 정서적으로 깊은 관심을 표명하는 것입니다. 다정함은 우리를 서로 연결하는 유대의 끈을 인식하고, 상대와의 유사성 및 동질성을 깨닫게 합니다. 이 세상이 살아 움직이고 있고, 서로 끈끈하게 연결되어 있고, 더불어 협력하고, 상호 의존하고 있음을 깨닫게 합니다."*

　　1인분의 삶을 충실히 살아내는 것만으로 그치지 않는 것. 자신에게만 머무르는 것이 아니라 이웃과 동물, 환경에 대해 시선과 목소리를 보내는 것. 우리가 연결되어 있다는 감각을 나눠 갖는 것. 나와 당신이 다르고 또 다르지 않다고 믿는 것. 우리가 서로에게 배울 수 있는 존재라는 사실을 잊지 않는 것. 이 모든 것이 '이슬아의 다정' 안에 포함돼 있을지도 모르겠다는 생각이 그와 헤어지고 나서야 든다.

　　"어떤 일이 일어나도 그것을 상처로 만들지 않을 힘이 나에게 있다고 말이에요. 회복의 힘이 내게 있으니까. 일단 잘 살아보고 싶어요." 인터뷰 마지막 그가 자신에게 그리고 모두에게 하는 듯한 다짐이 오래 남았다. 원고를 마감하다 말고 녹음 파일을 열어 그 부분만 찾아 다시 듣기도 했다. 그의 말을 따라, 다정한 손짓을 따라 다시 용기를 낼 수 있을 것만 같았다. 손쉬운 비관은 내려놓고 복잡한 희망을 택하고 싶었다. 이슬아가 그러하듯 섬세하고 경솔하고도 신중하게.

---

* 올가 토카르추크, 타자에 대한 무한한 애정을 품은 "다정한 서술자"
　blog.naver.com/minumworld/221738971579, 민음사 블로그

321

회복의 힘이
우리에게 있다고 말이에요

돌이켜보니 10명의 여성 모두 사랑하기를, 존엄하기를 선택한 사람들이었다. 미워하는 마음으로 자신을 낭비하지 않는, 손쉬운 비관과 혐오를 거부하고 어려운 낙관을 실천하는 사람들과의 대화였다. "상처로 만들지 않을 힘이 나에게 있다고 말이에요. 회복의 힘이 내게 있으니까." 이슬아 작가가 인터뷰 마지막에 한 이 말을 문장으로 옮길 때 나는 삶의 어느 순간에서, 작고 어두운 방에 혼자 웅크려 있을 때 그의 말을 떠올리게 될 것 같은 예감이 들었다. 운 좋게 그런 날이 조금 늦게 온다면 그의 말을 잘 품고 있다가 외롭고 추운 날을 보내고 있을 누군가에게 돌려주고 싶다.

평소와 다르지 않게 마감에 치이고 시간을 빠듯이 나눠 쓰다가도 문득 멀찌감치 서서 이 여성들의 안부를 살피게 될 것 같다. 삶의 기점마다 망설이고 주저하는 순간에 이들이라면 어떤 선택을 할까 상상하며 답을 구하게 될 것만도 같다. "나약해질 때 사랑하는 여자들을 떠올려요. 부서지지 않는 단단함이 아니라 부서지는 것쯤 아무것도 아니라고 여기는 단단한 여자들을요." 이제 나는 모델 박서희의 말을 되새기며 다치는 것쯤 두려워하지 않으려고 한다. "다름을 이해할 수 있는 사람이야말로 가장 강한 사람 같아요." 정다운 감독의 말과 "강함이란, 내 생각이 틀릴 수 있다는 것을 인정하는 용기"라는 재재의 말을 떠올리며 나와 당신을 이해하기 위해 더 노력해볼 작정이다. "내가 붙인 내 이름을 내가 굳게 믿는 게 가장 중요하다고요." 이길보라 감독의 조언에 힘입어 나를 의심하고 검열하는 일을 줄여갈 거다. "각자 가지고 있는 힘을 충분히 사용했으면 좋겠어요." 김원경 선수의 다독임에 다시 한번 나에게 기회를 줄 것이다.

12년째 인터뷰를 해왔다. 월간지에서만 근무했으니 지금까지 최소 140번 마감을 한 셈이다. 인쇄 사고를 가장해 이름을 지워버리고 싶은 부끄러운 기사도 있고, 동네 마을버스 광고판이라도 사서 소문내고 싶은 자랑스러운 기사도 있었다. (둘 다 실행하진 않았다.) 부끄러워하고 자랑스러워하다, 다시 부끄러워지기를 반복했다. 자괴가 폭풍우로 쏟아지던 밤, 나에 대한 의심을 그만두고 다음 날 인터뷰 약속에 늦지 않기 위해 애써 잠을 청한 덕분에 어찌어찌 여기까지 왔다.

자주 모르겠는 와중에도 하나 알게 된 게 있다면 인터뷰는 주는 것보다 받는 것이 더 많은 일이라는 사실이다. 언제, 누구를 만나건 매번 그랬다. 하지만 무엇을, 얼마나 받느냐 또는 양질의 것을 받느냐의 문제는 대체로 받는 자의 태도와 준비에서 결정되곤 했다. 보내는 말이 돌아오는 말의 밀도와 비례한다는 것. 이 사실이 나를 자주 두렵게 하고 부끄럽게 했다. 두려움과 부끄러움으로 한 뼘씩 나아졌고, 조금 나아졌다고 느낄 때 어김없이 뒷걸음질했다. 왕복 운동을 거듭하는 동안 내가 그냥 나라면 결코 대면할 수 없을 사람들을 만났다.

김연아 선수와 심상정 의원, 고레에다 히로카즈 감독, 아니시 카푸어 작가와 작은 방에 마주 앉을 수 있었고, 멤버 정원이 12명인 아이돌 그룹과 13명의 영화감독들 사이에서 종종거리기도 했다. 덕분에 이들이 이룩해낸

넓고 높은 세계에 잠시 발을 들여놓는 행운을 누렸다. 인터뷰를 앞세워 말과 목소리, 분위기, 기운을 부지런히 쓸어 담았고, 했던 말과 하려던 말 사이의 틈새를 기웃거리기도 하고, 반짝 하고 눈을 빛낼 때나 대답을 멈추고 생각을 정리할 때의 표정 같은 것들을 수집했다. 그들이 내어준 빛나는 삶의 조각들이 내 작은 주머니에 채워졌다. 과분한 것들이었다. 인터뷰어로서 자격도 재능도 충분치 않다고 느낄 때 그들이 내게 담아준 것들을 생각한다. 바라보고, 묻고, 들어왔을 뿐인데 나는 변할 수 있었다.

나를 변하게 한 또 다른 이들은 어느 매체에나 존재하던 눈 밝은 여자들이다. 그들의 탁월하고 높은 안목을 따라가기 위해 애쓰는 동안 몇 발자국 더 나아갈 수 있었다. 책을 낼 수 있도록 힘을 보내준 패션매거진 〈마리끌레르 코리아〉와 매달 마감의 파도를 함께 넘고 있는 다정한 동료들에게 인사를 보낸다. 오래 기다리며 깊이 마음 써준 허유진 편집자, 빛나는 재능을 나눠준 고원태 사진가와 윤송이 사진가, 한다솜 사진가, 이 책에 멋진 옷을 지어준 스튜디오 메이.디^{may.D} 덕분에 내가 더 많은 것을 할 수 있었다.

될 수 있는 최선의 내가 되도록 함께해준 엄마와 나의 드넓은 들이자, 울창한 산인 석정호 그리고 귀여운

새 친구 윤에게 깊은 사랑을 보낸다. 당신들 앞에서만은 좋은 사람인 듯 연기하며 살겠다. 메소드 배우로 살다 보면 진짜로 좋은 사람, 그 비슷한 것이 될지 모른다는 기대도 놓지 않으면서.

시대의 어른들이 보여주는 혜안까지는 아니더라도 너그러운 할머니가 되면 좋겠다고 생각한 때도 있었다. 하지만 이제는 청년들의 호흡과 보폭을 따라가며, 시대를 갱신하며 살아가는 것만으로도 엄청나게 성공한 인생일 것 같다. 만나온 여성들과 앞으로 만나게 될 무수한 여성들, 나의 내일들에게 할 수 있는 가장 따뜻한 인사를 보낸다.

사진 출처

ⓒ 한다솜	10p, 32p, 35p
ⓒ 고원태	12p, 17p, 18p, 23p, 24p, 26p, 28p, 62p, 118p, 148p 208p, 210p, 236p, 239p, 264p, 267p, 292p, 295p
ⓒ 매직스트로베리사운드	14p, 90p, 93p
ⓒ 윤송이	20p, 21p, 178p, 181p
ⓒ 〈마리끌레르 코리아〉	65p, 121p, 151p

우리가 사랑한 내일들

© 유선애, 2021

초판 1쇄 발행 2021년 1월 18일
초판 5쇄 발행 2021년 5월 10일

지은이   유선애
발행인   이상훈
편집인   김수영
본부장   정진항
편집2팀   허유진 이현주
마케팅   천용호 조재성 박신영 성은미 조은별
경영지원   정혜진 이송이

펴낸곳   (주)한겨레엔 www.hanibook.co.kr
등록   2006년 1월 4일 제313-2006-00003호
주소   서울시 마포구 창전로 70(신수동) 화수목빌딩 5층
전화   02)6383-1602~3
팩스   02)6383-1610
대표메일   book@hanibook.co.kr

ISBN 979-11-6040-453-1 03810